阅人有数

梁由之 ◎ 著

辽宁人民出版社

ⓒ 梁由之 2023

图书在版编目（CIP）数据

阅人有数 / 梁由之著 . — 沈阳：辽宁人民出版社，2023.1
ISBN 978-7-205-10513-6

Ⅰ.①阅… Ⅱ.①梁… Ⅲ.①随笔—作品集—中国—当代②游记—作品集—中国—当代 Ⅳ.① I267

中国版本图书馆 CIP 数据核字（2022）第 137100 号

出版发行：辽宁人民出版社
　　　　　地址：沈阳市和平区十一纬路 25 号　邮编：110003
　　　　　电话：024-23284321（邮　购）　024-23284324（发行部）
　　　　　传真：024-23284191（发行部）　024-23284304（办公室）
　　　　　http://www.lnpph.com.cn
印　　刷：辽宁新华印务有限公司
幅面尺寸：145mm×210mm
印　　张：8.25
字　　数：165 千字
出版时间：2023 年 1 月第 1 版
印刷时间：2023 年 1 月第 1 次印刷
责任编辑：高　丹
助理编辑：刘　明
装帧设计：丁末末
责任校对：冯　莹
书　　号：ISBN 978-7-205-10513-6

定　　价：48.00 元

小引

子曰：必也正名乎。先说说书名。

阅人有数，自然是相对大喇喇的阅人无数而言，殆为实情，倒不是谦虚。有数又有另一层意思：有底，靠谱。这大抵也是事实。如今，找到一个比较适合又未经人用的书名，谈何容易。好吧，就是它了。

书分三卷。

卷一，是一组文史随笔。卷二，事关我的"四书"：买书，读书，写书，编书，多涉书人、书事、书话、书单。卷三，是两则长篇游记，一为散文体，一为日记体。

读书，亦是阅人。读书阅人，足见人心、人品、学识和格局。

2013、2015年，海豚出版社相继推出了我的两本小册子：《从凤凰到长汀》《天海楼随笔》。此后陆续又写了一点。三合一，汇成本书的基本来源。不少篇什，恰在北上广深的《北京青年报》《文汇报》《羊城晚报》《深圳商报》四家报纸的副刊首发。借此，一并向为我的各类文章和旧著新书写作、发表、出版、发行费神出力的各位师友谨致谢忱。

韦应物诗云：世事茫茫难自料，春愁黯黯独成眠。2017年丁酉立夏，我在滇西腾冲，流连山水，乐不思粤。那次还到过瑞丽，住在一家名叫"边城"的宾馆——不知是否还在？

转眼一瞬间，五年弹指过，壬寅立夏已逾数日。而这已是新冠疫情荼毒的第三个春夏，自由出行尚不可期。

窗外，阳光明艳，草木葱茏。敲这篇小引，却一时间有点恍惚，不知人间何世，今夕何夕。

> 2022年5月9日，壬寅立夏后四日，
> 梁由之记于南海之滨。

目录

小引　001

卷一
读史鉴人

以貌取人　002
士可杀，亦可辱　006
朱由检举棋不定　010
曾国藩与对联　015
赵烈文一语成谶　026
辛亥革命的导火索　030
麻婆豆腐　034
郭松龄与樊耀南　038
盖棺难定盛世才　041
履险如夷孙元良　045

郭沫若心狱难言　　　　　　　　　　　　049

汪曾祺居大不易　　　　　　　　　　　　053

卷二
读书知人

一份书单　　　　　　　　　　　　　　　060

第二份书单　　　　　　　　　　　　　　064

从经济角度读名家书信　　　　　　　　　069

《花随人圣庵摭忆》的几个版本　　　　　078

记忆碎片——关于萧红、《呼兰河传》和《落红萧萧》　　081

黄裳和他的《故人书简》　　　　　　　　090

关于汪曾祺　　　　　　　　　　　　　　094

关于《羊舍的夜晚》　　　　　　　　　　103

关于《百年曾祺》　　　　　　　　　　　107

关于钟叔河　　　　　　　　　　　　　　111

关于俞晓群　　　　　　　　　　　　　　116

旁观余秋雨　　　　　　　　　　　　　　123

略说韩少功　　　　　　　　　　　　　　135

老六和他的《读库》　　　　　　　　　　139

望岳偏惊旧雁行——送龙子仲兄远行　　　145

只有爱是不会忘记的　　　　　　　　　　149

《大汉开国谋士群》小引 　　　　　　　　　　　155
《从凤凰到长汀》自序 　　　　　　　　　　　　160
《天涯社区闲闲书话十年文萃》后记 　　　　　　165
《梦想与路径：1911—2011百年文萃》后记 　　　169

卷三
江山与人

从凤凰到长汀 　　　　　　　　　　　　　　　　178
从井冈山到九疑山 　　　　　　　　　　　　　　206

卷一
读史鉴人

以貌取人

东汉末年，天下大乱。"八俊"之一的刘表临危受命，出刺荆州。他苦心经营，励精图治，终于使辖区局势相对安稳下来，成为"地方数千里，带甲十余万"的一方重镇。海内士人投效依傍他的，多如过江之鲫，其中包括后来在"建安七子"中名列前茅的王粲。

王粲的《七哀诗》和《登楼赋》历来被认为是建安文学的最高结晶之一。《登楼赋》写于湖北当阳，向与祢衡的《鹦鹉赋》和曹植的《洛神赋》齐名。狂士祢衡25岁时被刘表部将黄祖杀害，鹦鹉洲在明末沉入长江之中。均不待见祢衡而各知对方心事的曹操和刘表听到黄祖施暴的消息后，都会自鸣得意，而从心底鄙视武夫的见识和手段。

刘表"外貌儒雅"，"长八尺余，姿貌甚伟"，是名副其实不折不扣的漂亮朋友。王粲呢，虽然也出身名门，早年即博得大名士、左中郎将蔡邕的特别青睐，却因"貌寝而体弱通侻"（其貌不扬、身体羸弱而又不修边幅），不为刘表所重，两人薰莸不同器。王粲在荆州待了16年之久,终刘表之世,一直郁郁不得志,说来都是形象不佳惹的祸。他言行比较谨慎,不像祢衡那样任性使气口无遮拦狂放不羁,倒也不至于招惹若何不虞之灾。

子曰:"以言取人,失之宰予;以貌取人,失之子羽。"道理谁都懂,可说归说,实际情形是以貌取人相当普遍,古今中外比比皆是,不胜枚举。未必一定要求男人风神俊朗、女人仪态万方,但起码要看得顺眼,或不过分。这种"集体无意识"自有其社会学和心理学方面的深层原因,并不那么简单。同在汉末三国时期,刘备轻忽庞统,曹操怠慢张松,都是广为人知的故事,大家彼此彼此,非独刘表而然。庞统本身素质过硬,智计超人,又有鲁肃、诸葛亮这等高阶好友推荐、援引,获得重用只是个时间问题,刘备果然很快知错就改。曹操则没有这么幸运,机会稍纵即逝,张松挟嫌报复,给他制造了天大的麻烦,混一天下的宏图终成泡影。

投归曹操后,王粲被"辟为丞相掾,赐爵关内侯","后迁军谋祭酒","魏国既建,拜侍中。博物多识,问无不对。时旧仪废弛,兴建制度,粲恒典之"。终于跻身大员,稍展骥足。建安二十二年(217)春,随从曹操征讨孙吴的王粲突然罹患瘟疫,死于军中,时年41岁。

王粲有个特别的爱好:喜欢听驴叫。他的好友、曹操的家子兼建安文坛领袖曹丕亲临其丧,寄托哀思。曹丕别出心裁,向参加葬礼的官员们提议说:"仲宣(王粲的字)平日爱听驴叫,让我们各学一次驴叫，最后送他一程吧。"随即以身作则，驴鸣一声。领导带头，那还有什么好说的？大家群起仿效。王粲墓前顿时驴声大作，此起彼伏，山鸣谷应。由此可见曹丕的文人本色和通脱作风。王粲若泉下有知，不知会不会写一篇《驴鸣赋》？他该如何着笔呢？

王粲有两个儿子，也算是高干子弟了，都还很年轻。父亲死后不久，他们不慎卷入魏讽谋反事件，一并被杀。王粲绝了后嗣。当时曹操远在汉中，与刘备相持。听说这个消息后，叹息说："要是我在，怎么也不会让仲宣无后啊。"

其貌不扬的名士遭际如此，那么，另一种向度的以貌取人——美女，命运又当如何呢？

建安九年（204），曹操攻破邺城，杀审配，平冀州。袁绍次子袁熙之妻甄氏"惠而有色"，"姿貌绝伦"，作为战利品，为曹丕所抢占，纳为正妻，一时宠爱有加。当时曹丕18岁，甄氏23岁。两年后，生子曹叡，就是后来的魏明帝。但甄氏一直闷闷不乐，"宠愈隆而弥自挹损"。

据说，曹操本人也对甄氏有意思。

八卦大全《世说新语》记载，攻破邺城后，曹操紧急下令召见甄氏。左右汇报："已被五官中郎将（曹丕）拿取。"曹操不无自嘲地笑着说："今年辛辛苦苦打败了敌人，倒便宜了这小子。"对曹丕下手之快颇有微词却也无可奈何。

有趣的是，曹家男人与甄家女子偏偏孽缘特深。曹操的另一个儿子、神童曹冲（字仓舒）夭折后，根据当时的风俗，老泪纵横的一代枭雄为爱子挑了一个同样早逝的女童作为冥配，并大张旗鼓郑重其事地为其合葬。曹操为仓舒选中的媳妇不是别人，正是甄氏的胞妹。

建安二十五年（220）正月，曹操去世，享年66岁。几个月后，曹丕称帝，改元黄初。这厮得志便猖狂，开始为所欲为，纵情声色。韩非子曰：色衰爱弛。又过了几个月，狠心薄幸的曹丕在新欢的挑唆引诱下干脆迫令皇后甄氏自杀。当年曹丕34岁，甄氏39岁。由大家闺秀到名门少妇到归为臣虏到转而成为仇人当家媳妇到母仪天下到含恨自尽，甄氏的命运跌宕起伏，反差极大，富有戏剧性，绝对与众不同。5年后，曹丕病死。

黄初四年（223），曹植进京陛见。归途中经过洛水，触景生情，伤感悲愤，写下千古名篇《洛神赋》。后人附会出一段叔嫂恋，又称此作为《感甄赋》，这当然是无稽之谈。如谓以子建之慧质灵心，同情、爱慕、哀悼风华绝代而身世凄凉的嫂子，物伤其类，兔死狐悲，"既痛逝者，行自念也"，倒也不失为情理之中的事。义山诗：宓妃愁坐芝田馆，用尽陈王八斗才。

白云苍狗，世事难料。

士可杀，亦可辱

诸葛瑾字子瑜，以沉稳持重著称，"为人有容貌思度，于时服其弘雅"，官至大将军、左都护，领豫州牧，封宛陵侯，一直是孙权亲信而得力的干将。他的才华固然比不上胞弟诸葛亮那般出类拔萃，相貌也不如孔明高大英俊，但不失为三国时期一个响当当的人物。美中不足的是此公天生一张尖削瘦长的面孔，与驴脸颇有几分相似。他的长子诸葛恪则另具风采：从小颖慧，伶俐敏捷，"发藻岐嶷"，辩才无碍。

某天，君臣会宴，气氛热烈。孙权端详着诸葛瑾微微泛红的长脸，突发奇想，乘着酒兴，令人牵来一头毛驴，又拿来一块牌子，写上"诸葛子瑜"四个字，挂在驴项，惹得哄堂大笑。诸葛瑾很是尴尬，不知所措，脸更红也更长了。还是个孩童的诸葛恪恰好陪侍在侧，他立马走到孙权座前，跪请添写二字。孙权允许，让人拿笔给他。人们都很好奇，猜不出这小子葫芦里卖的什么药。诸葛恪不慌不忙，取下牌子，添上"之驴"二字，再挂上去。众人一看，牌子变成"诸葛子瑜之驴"，无不惊讶叹服。孙权十分开心，对诸葛瑾说：蓝田生玉，名不虚传。当即将驴子赐予诸葛恪。曲终奏雅，君臣尽欢而散。诸葛恪从此深得孙权器重，后来更成为顾命大臣的班头，一度掌持东吴朝政。诸葛瑾却不看好这个儿子，"谓非保家之子，每以忧戚"。知子莫若父，居然被他不幸言中。这是题外话，略过不表。

孙权的性格具有明显的二重性。一方面，少年老成英敏果毅，18岁继承父兄遗业，26岁与刘备联手击破不可一世的曹操，坐断东南，三分天下。另一方面，却又滑稽佻脱，爱开玩笑，喜作弄人，至老靡衰。他信任诸葛瑾，钟爱诸葛恪。这次挂牌的把戏，只是一个恶作剧。当事人心中都没有留下阴影，也不曾造成任何不良后果，在当时和后世，甚至被传为佳话。

要说的另两次挂牌事件，后果却很严重。

千余年后，元顺帝有一头经过特别训练的大象，会在君臣宴乐时像模像样地跪拜起舞，很能助兴。元朝灭亡，这头具有特异功能的庞然大物被送至南京，成为开国新君朱元璋的战利品。一天，老朱来了兴致，大摆筵席，让大象现场表演。但象伏地不起，似有余哀。朱元璋太怒，下令将它毙命。又觉得大象尚且恋旧，忠于故主，那些贰臣，真是禽兽不如。他正看历仕元明的翰林侍讲学士危素不顺眼，脑子一转，叫人做了两块木牌，一块写上"危不如象"，一块写上"素不如象"，分挂危素的双肩。听到危素上朝的脚步声，洪武皇帝鄙夷不屑地调侃道："莫非是文天祥来了？"看着老臣窘迫无奈的样子，圣心大悦。朱元璋意犹未尽，还要加码，又将年逾古稀的危素贬谪到和州，让他替在与陈友谅部红巾军作战时力尽自刎的元朝忠臣余阙守庙。一年多后，危素惭恨而死。

士可杀，亦可辱。朱元璋玩得够出格了。然而，三百多年后的又一次挂牌事件，爱新觉罗·胤禛，亦即大清雍正皇帝，又踵事增华后出转工。明太祖的把戏较诸清世宗的"出奇料理"，只能算是小巫见大巫。

纳兰容若的东床年羹尧坐镇西陲，军功显赫，深受康熙宠信，又是胤禛的重要奥援。雍正初年，他位极人臣红得发紫，堪称一人之下万人之上。皇帝给他的密函中，不乏甜言蜜语甚至赌咒发誓。可惜天意难问，好景不长，转眼就被整肃，身败名裂家破人亡。雍正并不满足，趁机借题发挥彻底清算。他挑中的引线，是翰林院侍读学士钱名世。

钱名世，江南武进（今江苏常州）人，康熙四十二年进士，殿试一甲第三名（俗称探花），授翰林院编修，后升侍读。他与年羹尧是乡试同年，有点旧交。年大将军炙手可热时，他凑上去套近乎，"称功颂德，备极谄媚"，无非想借机攀附因利乘便迅速进步。这实在是稀松平常的事情。要说，皇帝本人当初对年某的谀颂，实在是有过之而无不及。

雍正不杀钱名世，而是做了一番挖空心思自鸣得意的处置：将他革职，遣回原籍；钱滚蛋时，令满朝文武自大学士、九卿以下，凡是进士、举人出身的，都得赋诗，为钱名世"赠行"。

结果,有 385 名大小官员如命完成。黄裳认为,这是有领导、有组织地发动群众搞大批判进行围攻的先河。

雍正下旨将命题诗"一并汇齐,缮写进呈",逐一过目。写得好的,予以表彰。"谬妄""乖误"不合圣意的,则受到严厉处罚。时任武英殿纂修的桐城派一代宗师方苞的应景之作,被认为是样板作品:

> 名教贻羞世共嗤,此生空负圣明时。
> 行邪惯履欹危径,记丑偏工谀佞词。
> 宵枕渐多惟觉梦,夏畦劳甚独心知。
> 人间无地堪容立,老去翻然悔已迟。

御览之后,"给付钱名世"自费出版,集名《名教罪人诗》。刊印后,颁发给全国各地的学校,作为教材,让天下士子人人知晓,"激劝风厉"。

雍正犹有余兴。他泼墨挥毫,御书"名教罪人"四个大字,命钱名世原籍的地方官员制成匾额,挂在钱家大门上,进行一空依傍别出心裁的折辱。还命常州知府、武进知县每月初一、十五两日前往查看,如不悬挂,则呈报督抚,奏明加罚。钱名世及其家人当时是什么心情,史无明载。

朱由检举棋不定

崇祯十年（1637）三月，杨嗣昌夺情起复，出任兵部尚书。他强调"攘外必先安内"，提出"四正六隅，十面张网"的作战计划，拟集中力量，先将农民军荡平，而后移师关外对抗清军，改变被动局面，徐图恢复辽沈。明思宗朱由检颇以自己慧眼识人自得，拍案大呼："恨用卿晚！"次年六月，嗣昌入阁，仍兼本兵，主持战事，农民军承受到空前压力。连战不利后，刘国能、张献忠、罗汝才、王光恩等部相继就抚。李自成部在潼关南原被陕西巡抚孙传庭设伏击败，几乎全军覆没。自成仅率十七骑侥幸逃脱，潜入商洛山区隐姓埋名休养生息。一时间，农民起义的狂澜遭遇顿挫，陷入低潮，"十年不了之局"有望收官。

世事难料。清军好像与农民军达成默契互相策应似的，屡次南下侵扰，铁骑所至，京畿、山东烽火连天。朱由检不得不将内战前线两大主帅卢象升、洪承畴及精锐的陕西军团主力先后北调增援，湖广、中原腹地顿形空虚。张献忠觑准时势，在谷城降而复叛再举义旗，流动作战，川鄂为之糜烂。李自成桴鼓相应,死灰复燃挺进中原,一路凯歌行进。当时河南遭逢严重的旱灾及蝗灾,民不聊生。义军以"迎闯王,不纳粮"相号召,饥民趋之若鹜。明廷内外交困,局势急转直下。

崇祯十四年(1641)正月,李自成攻克洛阳,杀福王,旋即围攻开封。肥胖不堪的福王是万历皇帝的爱子,当今圣上的亲叔。义军将这厮身上的肥肉割下来拌着鹿肉用大锅煮熟,用来下酒,号称"福禄(鹿)酒"。二月,张献忠里应外合奇袭军事重镇襄阳得手,杀襄王。三月,出京督师的杨嗣昌在湖北荆州忧惧而死(一说自杀),朱由检从此痛失他平生唯一倚信的股肱之臣。四月,清军围攻锦州,蓟辽总督洪承畴率八总兵十三万大军援锦。八月,松锦决战,明军溃败,非但锦州之围未解,洪承畴及残部亦被困松山,岌岌可危。焦头烂额之际,兵部尚书陈新甲摭拾袁崇焕、杨嗣昌故智,试图与清朝媾和,借以获得喘息的机会,腾出一只手,暂时摆脱危机。他的想法,得到大学士谢升的同情和理解。在一次秘密召对时,谢升向皇帝作了汇报。

当时,举国上下盲目自大,缺乏现实感,"平庸的爱国主义热情充斥朝野"(苗棣语),意识形态猖獗,《春秋》大义高张。放平身段对待"夷狄"并与之议和,是很没面子甚至为人所不齿的糗事。然而,形势比人强。朱由检立即召见陈新甲,故作姿态切责一番后,君臣开始探讨和议是否可行及其细则。皇上的结论和指令倾向性鲜明却又含糊模棱:"可款则款,不妨便宜行事。"

几位耳尖的言官风闻消息后,跑去问谢升究竟。谢升说:"上意主和,诸位幸勿多言。"言官们却据此攻讦谢升,说他扬君之过,"大不敬,无人臣礼"。朱由检本来就羞羞答答犹抱琵琶,没想到刹那间弄得满城风雨。他不是趁机让和议公开化,因势利导使群臣正视现实以求达成共识,反而恼羞成怒,立马将谢升削籍,借此平息舆论。对于和战问题,则始终支支吾吾,顾左右而言他,不明确表态。这种首鼠两端缺乏担待的做派,使他最终进退失据自食苦果。

和议仍在暗中进行。皇帝决策,兵部执行。但使团级别甚低,又不正规;国书还在端架子,居高临下盛气凌人。清太宗皇太极认为明廷没有诚意,不识抬举,遂搁置和谈,再兴攻势。未几,洪承畴被俘降清,锦州守将祖大寿智穷力竭,开门揖盗。松、锦沦陷后,仅剩袁崇焕苦心营造的宁远一城孤悬关外。

"流寇"乘隙坐大,渐成燎原之势。与"鞑虏"议和成为当务之急。也有所进展,成局在望。不料一个意外疏忽招致了严重后果,前功尽弃。

议和具体事务,由兵部职方司郎中马绍愉负责。某天,陈新甲收到马绍愉的密件,其中列有议和的详细条款。他阅后随手放在书案上,忙别的事儿去了。家仆误以为是普通塘报,按惯例交付传抄。绝密情报顿时路人皆知。陈新甲固然成为众矢之的,朱由检更是怒火中烧。

给事中方士亮开了第一炮。弹劾本兵的奏章雪片儿一样,纷至沓来,朱由检爱惜脸面,装作没事人一样,下旨严厉谴责陈新甲胆大妄为自行其是。陈新甲两头受气,很是委屈,抗辩只是奉旨行事,并非"专擅";又多处援引圣谕,详述和谈事件始末。这下朱由检脸上挂不住了,他下令将陈新甲投入大牢,借以洗刷自己。他越想越气,痛恨陈新甲不敢不愿大包大揽,进而动了杀心。首辅周延儒等引经据典极力申救,说:"国法,敌兵不薄城,不杀大司马。"朱由检强词夺理予以批驳:"陈新甲职任中枢,一筹莫展,致令流贼披猖,戮辱我七亲藩,不更甚薄城?"分明是偷换概念欲加之罪。文武大臣耳闻目睹,胆战心寒,完全丧失了尽瘁国事的信心和安全感。陈新甲终于被杀,和议随之终止。大明王朝依然两线作战,捉襟见肘,走上一条不归路。

次年,李自成破潼关,杀孙传庭,占领西安。四个月后,出师北伐。朱由检情知不妙,亟欲"南迁图存",想脚底抹油撤至陪都南京,保全东南半壁,重演东晋、南宋故事;而留太子守北京,见机而作。但除了左中允李明睿等几个小臣外,无人喝彩。左都御史李邦华更是直通通硬邦邦地说:"皇上自然守社稷!"此公"密疏请帝固守京师,仿永乐朝故事,太子监国南都"。这个主张不合圣意:皇帝仍得坐困愁城,侥幸守住京师,亦难保太子不在南京重演唐肃宗灵武故事,即便洪福齐天,被动做"太上皇"的滋味也不好受。南迁方案议而不决,胎死腹中。

崇祯十七年（1644）岁次甲申，新年伊始，京都告急。除了抽调硕果仅存的宁远总兵吴三桂部四万劲旅紧急赴援外，朱由检已无牌可打。而吴部入关，无异于放弃宁远，放弃山海关外的土地和人民，要负重大政治责任，还要承担历史骂名。朱由检意欲诱导大臣们先提出此议，他再顺水推舟予以同意，庶几回旋余地稍大，面子上也好看些许。可谁比谁傻多少呢？重臣们在严峻的现实面前，对皇上的苛察刚狠出尔反尔早已心知肚明，谁都不愿做出头鸟替罪羊——陈新甲的教训毕竟太过惨痛，殷鉴不远。首辅陈演不着边际地将皇帝吹捧了一通，然后话锋一转："臣等迂愚无当，诚不敢以封疆尝试，伏乞圣裁！"轻轻将球踢了回去。朱由检卸责分谤的如意算盘落了空，气得直翻白眼而又无可奈何。

明廷兀自扯皮拉筋犹疑不决，李自成兵锋已逼近畿辅。三月六日，朱由检终于下定决心，令蓟辽总督王永吉偕吴三桂放弃宁远，入卫京师。无奈为时已晚，时不我待。吴部路途遥远，善后又大费周章，直到三月十九日北京陷落时，仍在勤王路上风尘仆仆。

也就是在这一天，走投无路的大明末代皇帝在煤山的一棵歪脖子老槐树上自缢身亡，时年34岁。尸身以发覆面，光着左脚，右脚穿着一只红鞋。陪他"自挂东南枝"的，唯有太监王承恩。

卷一 读史鉴人

曾国藩与对联

对联通常篇幅短小，韵味悠长，音节铿锵，交融文史，算得上纯正的"国粹"。对联由骈文、律诗衍生出来，据说最早出现在五代十国的后蜀，至明、清臻于极盛。对联讲究平仄、声律、虚实和对仗，对时、地、人、事和用典都有严格要求，广泛应用于年节、喜庆、哀挽、题赠及山川名胜等各个方面，一向为社会各阶层雅俗共赏，喜闻乐见。历史上不乏妙趣横生的名人、名胜与名联，本文说的是曾国藩与对联的若干故事。

曾国藩与汤鹏
——割袍断义，都是对联惹的祸

汤鹏是湖南益阳人，字海秋，大曾国藩11岁。两人既是湖南老乡，又都是重臣穆彰阿的得意门生，在一起做京官，一度过从甚密。后来，产生嫌隙，割袍断义，谁也不理谁。说来好玩：都是对联惹的祸。

居官问学之余，曾氏于对联之道兴趣浓厚，下过一番苦功夫。韩愈说过："欢悦之辞难工，而穷苦之言易好也。"老曾对此很是认可。他选定从写挽联入手，认为这样容易有真情实感，便于寻求突破。但哪里有那么多盖棺定论的死者等着他"敬挽"呢？此公眉头一皱，计上心来，稍作变通，进行"生挽"——亦即偷偷摸摸暗地给身边熟悉的活人预写挽联，以资练习。这种做法当然不厚道，但对提高水平，据说倒是助益显著。

这年春节，汤鹏到曾家拜年，主人将客人请进书房，便坐闲谈。汤鹏眼尖，觑见书桌砚台下面压着一叠纸，以为是主人新作的诗文，便想先睹为快。没想到曾国藩大惊失色，死活不让他看，这更加勾起了汤的好奇心。他们本来就是不拘形迹的朋友，汤鹏为人又一贯彪悍，他一把抢过去，展开一看，气不打一处来：原来这是一叠挽联，而且劈头就是"海秋仁兄千古"！新春佳节，当面吉祥如意的话倒是顺溜动听，背地里却咒人死！是何居心？这还了得！汤鹏狠狠瞪了曾国藩一眼，重重吐了口唾沫，扬长而去。

这与一个道学家的形象太不符合，不足为外人言，打死曾国藩他都不会承认。老曾后来在《祭汤海秋文》中，将两人断交的原因归结于汤对曾批评他的著作《浮邱子》不满："一语不能，君乃狂骂。我实无辜，讵敢相下？"

汤海秋确实也算是一个异人。他22岁中举，23岁连捷进士及第，被誉为"凌轹百代之才"，"意气蹈厉，谓天下事无不可为者",认为"徒为词章士无当也"。其人性情傲易,不中绳墨,喜欢放言高论,目无余子,甚至连司马迁、韩愈都不放在眼里。汤鹏曾对邵懿辰说:"子文笔天出,慎无徇世所谓八家者。"显然对邵谨守桐城家法取径唐宋八大家不以为然。邵懿辰的回答也很有意思:"生平但识归熙甫(归有光)、方灵皋(方苞),犹病未能,敢望八家乎?"持论虽然不同,但邵懿辰对汤鹏依然非常理解。他解释说,汤之所以放言高论,是"特以镇流俗之人。至于文章径途出入,体制佳恶,自了然于心"。也就是说,那只是一种矫情镇物的姿态罢了。

汤鹏科甲顺利,官场却远没有曾国藩得意,"礼曹十年不放一府道,八年不转一御史",长年待职闲曹,终不为朝廷重用。后来更因事迁谪,"恃才傲物,谤口繁多"。

他的死也不同凡响。

一大酷热,几个朋友聚在汤家闲聊。有人偶然说到大黄药性峻烈,不可随便服用。汤鹏漫不经心地说:"那有什么?我经常服用它。"大家感到愕然,半信半疑。汤鹏大怒,立刻命仆人去药铺买了几两回来,马上煎服。喝了一半,朋友们担心出事,攘肩捽背,群起制止。但汤鹏坚决不听,坚持将一罐大黄全部服下,结果当天暴卒。好奇倔强到不惜生命的地步,实属奇人奇事。曾国藩在祭文中沉痛地说"一呷之药,椓我天民",即指此事。

曾国藩挽汤海秋联写道:

著书成二十万言，才未尽也；
得谤遍九州四海，名亦随之。

至于这是文正公临时即景写就，还是"生挽"的成稿，史无明载，不好臆断，就只能存疑了。

曾国藩写得最好的，公认还数挽联

吴恭亨说："曾文正联语雄奇突兀，如华岳之拔地，长江之汇海，字字精金美玉，亦字字布帛菽粟。"

曾氏平生喜好对联，撰作多多，对挽联尤其用力。他的全集中，即收有挽联七十七副。

武昌居天下上游，看郎君新整乾坤，纵横扫荡三千里；
陶母是女中人杰，痛仙驭永辞江汉，感激悲歌百万家。

（挽胡林翼母）

曾胡一向齐名。依我看，胡氏才略手段，实出曾某之上。胡林翼出任湖北巡抚后，以罗泽南一军为骨干，坐镇武昌，站稳脚跟，全面整训军队，设立总粮台，苦心经营，分兵进击，扼住了太平军向长江中、上游发展的咽喉要道，抑制住了太平军蓬勃发展的势头并开始积极反攻。

卷一 读史鉴人

胡母病逝,曾精心撰写了两副挽联,对这一副尤其得意。他私下写信问老弟:"胡家联句必多,此对可望前五名否?"其情其态,简直像个争强好胜又心怀忐忑的小学生。

夫作大儒宗,裙布荆钗,曾分黄卷青灯苦;
子为名臣度,经文纬武,都自和丸画荻来。

(挽胡林翼母)

胡林翼的父亲胡达源曾经探花及第,又是知名学者。

大勇却慈祥,论古略同曹武惠;
至诚相许与,有章曾荐郭汾阳。

(挽塔齐布)

曾国藩对两个满族将领特别推许,青眼有加:前期是塔齐布,后期是多隆阿。多隆阿与鲍超齐名,是清廷极少数敢与太平天国英王陈玉成正面对垒的悍将,向有"多龙鲍虎"之称。塔齐布在曾国藩领兵之初最为艰难困苦甚至想要自杀的关键时刻取得了湘潭大捷,说是他的救命恩人亦不为过,且对曾毕恭毕敬奉命唯谨,所以曾对塔感情尤深。咸丰五年,太平军名将林启容镇守九江,塔齐布久攻不下,在军中呕血身故。在这副挽联中,曾国藩强调了"勇""诚"二字,并把塔齐布比作唐、宋名将郭子仪、曹彬。

> 与舒严并称溆浦三贤,同蹶妙龄千里足;
> 念吴楚尚有高堂二老,可怜孝子九原心。
>
> （挽向师棣）

摇曳多姿,语淡情深。向师棣是曾的得力幕僚,湖南溆浦人,与舒焘、严咸齐名,三人均英年早逝。

> 归去来兮,夜月楼台花萼影;
> 行不得也,楚天风雨鹧鸪声。
>
> （挽曾国华）

三河镇一役,湘军最精锐的李续宾部被陈玉成、李秀成合力围歼,曾国华随李战死。曾氏痛挽胞弟,婉约飘曳。

> 大地干戈十二年,举室效愚忠,自称家国报恩子;
> 诸兄离散三千里,音书寄涕泪,同哭天涯急难人。
>
> （挽曾贞幹）

幼弟曾贞幹（原名国葆）在天京已经合围、胜利在望的时刻病殁于军中,做大哥的心中自然异常沉痛。

一饭尚铭恩，况保抱提携，只少怀胎十月；
千金难报德，论人情物理，也应泣血三年。

（挽乳母）

这是一副非常有名的对联。化用《史记·淮阴侯列传》中漂母与韩信的故事，明白如话，感人至深。

大抵浮生若梦；
姑从此处销魂。

（挽妓女大姑）

嵌字联。轻灵飘忽，折射出道学家比较活泼人性的另一面。

挽曾国藩的对联
——可怜剃头者，人亦剃其头

曾国藩当时有"曾剃头"的绰号。然而，人生自古谁无死，身后是非谁管得？以下是几副挽曾国藩的对联。

二十年患难相从，深知备极勤劳，兀矣中兴元老；
五百里仓皇奔命，不获亲承色笑，伤哉垂暮门生。

（吴坤修）

吴坤修是出身湘军水师的名将,早已是方面大员。他前往南京看望时任两江总督的老师,不想适逢曾氏去世。吴极为伤感,亲扶师棺归葬湘中。

用众行师,伟略欲过新建伯;
集思广益,虚怀宜继武乡侯。

(叶圻)

认为曾国藩是诸葛亮、王守仁一流人物,是时人的普遍看法。

迈萧曹郭李范韩而上,大勋尤在荐贤,宏奖如公,怅望乾坤一洒泪;
窥道德文章经济之全,私淑亦兼亲炙,迂疏似我,追随南北感知音。

(薛福成)

表彰乃师道德文章经济诸方面都有非凡建树,荐贤尤可称道;功德超迈萧何、曹参、郭子仪、李光弼、范仲淹和韩琦等古代名臣;私淑而兼亲炙,则其亲近可想而知。

顺便说一句:薛福成的《庸庵笔记》保存有不少珍贵的史料,见识、文章都不错,可读性亦佳。

卷一
读史鉴人

人闻论勋业,但谓如周召虎、唐郭子仪,岂知志在皋夔,别有独居深念事;

天下诵文章,殆不愧韩退之、欧阳永叔,却恨老来湜轼,更无便坐雅谈时。

(孙衣言)

清雅散淡,风度翩翩。湜轼,指皇甫湜、苏轼,他们分别是韩愈(退之)、欧阳修(永叔)的门下高足。

师事近三十年,薪尽火传,筑室忝为门生长;

威名震九万里,内安外攘,旷代难逢天下才。

(李鸿章)

孔子去世后,众弟子守孝3年。子贡对老师感情尤深,独筑墓室,又陪伴了先师3年。

这副挽联豪迈精当,亦自占身份,非鸿章不能亦不敢道此。

安徽合肥人李文安与湖南湘乡人曾国藩是道光十八年的同科进士。7年后,李鸿章以"年家子"的身份跟随曾国藩学习应制诗文,甚受青睐。又过了2年,李中进士,点翰林;再过了2年,散馆,得授翰林院编修;乃师则已升任礼部右侍郎,其间师生关系一直很密切。曾氏一生先后收过不少门生,可谓桃李满天下;而货真价实真正亲赴门庭问业受教的弟子,只有李文安的两个儿子瀚章、鸿章兄弟。李鸿章入曾幕后,曾国藩私下对左右亲信说:"少荃天资与公牍最相近,所拟奏咨函批皆有大过人处,将来建树非凡,或竟青出于蓝,亦未可知。"

极赞亦何辞,文为正学,武告成功,百世旂常,更无史笔纷纭日;
茹悲还自慰,前佐东征,后随北伐,八年戎幕,犹及师门患难时。

(李榕)

川人李榕,中过进士,点过翰林,曾国藩的得力幕僚,一度与李鸿章合称"二李"。二李同为科班出身,同出国藩门墙,却凶终隙末。东征,指攻灭太平天国。北伐,指平捻。此联追怀师弟深情之余,对曾经"临难苟免"却大喇喇以老班长自居的李鸿章不无嘲讽。二李恩怨,原委有趣,说来话长,不赘。

谋国之忠,知人之明,自愧不如元辅;
同心若金,攻错若石,相期无负平生。

(左宗棠)

左宗棠才高气盛,每每"面斥人非"。即对曾氏,亦是分庭抗礼,不假辞色。晚年,两人因事失和,久疏音问。据说,曾家和一些亲友本来很担心左宗棠借机攻讦,出言不逊,难以收场。结果,这副宽袍阔袖矜平躁释的挽联送达后,各方如释重负,皆大欢喜。

平生以霍子孟、张叔大自期,异代不同功,戡定仅传方面略;
经术在纪河间、阮仪征之上,致身何太早,龙蛇遗憾礼堂书。

(王闿运)

王湘绮这副对联,匠心独运,皮里阳秋,值得仔细分说一番。大意是说曾国藩平生以西汉霍光和明代张居正自诩,但因时代不同,功业相差甚远,并没能像霍、张二人那样位居中枢,统揽全局,而仅仅只是力撑东南半壁江山,留下一点用兵方略而已;儒术超过纪昀(晓岚)和阮元,但升大官过早,没能写出什么像样的学术专著。曾家对当代大文豪这副话里有话意蕴复杂的对联心怀不满却又有口难言,未将之收入《荣哀录》。

据高伯雨《中兴名臣曾胡左李》记载:"相传光绪年间,有人向清廷建议,应准曾国藩从祀文庙。清廷下礼部议奏,部议国藩无著述,于经学亦无发明,且举王湘绮的挽词证之,事遂终止。"曾文正公居然因为这副对联没能吃上冷猪头肉!

赵烈文一语成谶

曾胡左李费尽移山心力,终于联手消灭了太平军和捻军,洋务运动亦渐次展开。一时间,内外交困风雨飘摇的清王朝峰回路转回光返照,出现若干新气象,史称"同治中兴"。

耳闻目睹,"独居深念",曾国藩并不感到欢欣鼓舞,反倒忧心忡忡坐立不安。不过,此公为人有局度,曾经沧海,城府极深,喜怒不形于色。只有跟个别"自己人"交流时,他才会偶尔敞开心扉,抒发难以排解的困惑和苦闷,并探讨补救办法。得力幕僚兼入室弟子赵烈文,便是他心目中一位很好的谈话对象。

赵烈文(1832—1894),字惠甫,江苏阳湖人。1855年,经四姐夫周腾虎推荐,赵烈文进入曾幕。他文笔练达,见识超拔,办事精谨周到,很快得到曾国藩的信任和重用。曾让赵专门负责草拟涉外文件,角色略同于机要秘书,后来又特别收纳他为门下弟子,结下深厚的师生之情。多年以后,赵烈文在直隶当过两任知州。他的《能静居士日记》(又称《能静居日记》)

是研究太平天国运动、湘淮军及晚清史的重要史料。

1867年7月21日晚，师徒二人在金陵两江总督官署便坐闲谈。两人都有写日记的习惯。比对曾国藩与赵烈文当天日记内容，很有意思。曾只是简略地记述："灯后，与惠甫久谈。"具体谈了些什么话题，两人作何态度，不著一辞。赵烈文则做了相当详尽的记录。

曾国藩说：京师来人说，首善之区风气很差，明火执仗的凶案时有发生，街市乞丐成群，甚至有妇人光着身子没有衣服穿，民穷财尽，恐怕会出大乱子，怎么办呢？

赵烈文说：分久必合，合久必分。国家安定统一的局面已经持续了很久，渐渐走向动乱分裂势在必然。但皇上的威权深入人心，地方割据尚未形成气候。除非"抽心一烂"，否则不至于出现整个国家土崩瓦解的局面。我私心揣测，来日的祸患必将是朝廷首先垮台，"根本颠仆"，天下无主，地方各自为政。出现这种局面，估计不出五十年。

作为一个极具现实感的政治家，曾国藩理智上倾向于认同赵烈文的看法。但他同时又是"中兴名臣"的领军人物，情感上未免有所不甘。两人继续反复辩论，曾国藩终于心丧欲死无话可说。沉默良久后，他喃喃自语：我只盼早死，害怕看到江山倾覆。事实上，他已清楚地意识到大清帝国日薄西山前景黯淡。

第二年9月，曾国藩调任直隶总督。履新之前，他获准陛见，回到久违的京师住了一个多月。其间，除探亲访友外，曾氏遍会各方要员，多次被同治皇帝和慈禧太后召见垂询，并在国宴上以武英殿大学士的荣衔排列于汉族大臣班次之首，达到一生荣耀的巅峰。在此之前，曾国藩戎马倥偬，跟太后、皇帝及奕䜣、文祥、宝鋆等秉政的军机大臣尚无一面之雅。通过观察、谈话和近距离接触，他对朝廷的核心人物有了直观了解，认为他们缺少大魄力大智慧，难以力挽狂澜。他彻底认同了赵烈文关于帝国命运的判断，更加心灰意冷。

除内政堪忧外，当时西风东渐，列强环伺，"实为数千年来未有之变局"（李鸿章语）。而被朝野"倚为砥柱"的曾氏，面对世界潮流和全新时局，仍汲汲于故纸堆，"以义理之学为先"，知识储备和心理准备严重不足。1853年之前做京官期间，介绍外洋的书籍，他大概仅读过一部徐继畬的《瀛环志略》。1860年出任两江总督后，除了跟太平军打仗，还不时要处理涉外事件。他依然保持既有习惯，下围棋，写对联，练习书法，读古诗文，编纂《经史百家杂钞》，没想到需要花大工夫了解研究西方各国情况。1867年回任江督并兼南洋通商大臣，在阅读涉外公文时，他居然连"各外洋国名"都"茫不能知"。

"对症亦知须药换，出新何术得陈推？"当时只有极少数人，不满足于引进仿制西方的坚船利炮和开矿修路，而将民主制度的建设视为根本大计。曾任两广总督的张树声1884年在遗折中直陈："夫西人立国，自有本末，虽礼乐教化远逊中华，然驯致富强，具有体用。育于学堂，论政于议院，君民一体，上下一心，务实而戒虚,谋定而后动,此其体也;轮船、大炮、洋枪、水雷、铁路、电线,此其用也。中国遗其体而求其用,无论竭蹶步趋,常不相及。就令铁舰成行,铁路四达,果足恃欤?"他恳请朝廷痛下决心,"采西人之体,以行其用"。但这种真知灼见宛如空谷足音,过于微弱,别说轩然大波,甚至没有激起几丝涟漪。

1894年,中日之间爆发甲午战争。1898年,戊戌维新失败。1900年,八国联军侵华,导致空前大劫。形势比人强,清廷痛定思痛,终于下决心进行比较激进的改革:废科举,举办新式学堂;改革官制;设立议会,预备立宪……可惜时不我待,革命,而非改良,成为时代的优先选项。

1911年10月10日,武昌首义。1912年元旦,中华民国建立,清朝覆亡。辛亥革命百年纪念之际,相信很多人都会想起赵烈文当年那个先知般的预言。

辛亥革命的导火索

百年前的1911年,岁次辛亥,神州板荡,风雨飘摇。10月10日,武昌起义爆发。不久,清朝土崩瓦解。这一天随即作为"辛亥革命纪念日",被定为中华民国的国庆节,俗称"双十节"。

事所必至,理有固然。武昌首义是湖北地区的主要革命团体文学社和共进会联手发动的,张难先、胡瑛、刘静庵、蒋翊武等人先后投身军旅,在新军中散布排满反清思想,打下了牢固的群众基础。时局本来已宛如一个一点就着的火药桶,而湖广总督瑞澂两次乖张失当火上浇油的处置,更成为辛亥革命的导火索。

"大江流日夜,鼓吹功不朽。"胡石庵如是赞誉《大江报》。20世纪初,新兴的报业对舆论和局势有极大的引导和刺激作用,办报成为风潮。湖北的民办报纸中,汉口的《大江报》开办时间不长,主事者仅詹大悲、何海鸣两个小年轻。詹大悲是文学社的发起人和骨干分子之一,何海鸣曾有从军经历。他们思想激进,作风泼辣,后来居上,一鸣惊人。

当年 7 月 17 日,《大江报》发表何海鸣的时评《亡中国者和平也》(署名"海"),引起社会各界广泛关注。26 日,进而刊载黄侃的短评《大乱者救中国之妙药也》(署名"奇谈"),全文如下:

中国情势,事事皆现死机,处处皆成死境,膏肓之疾,已不可为。然犹上下醉梦,不知死期之将至。长日如年,昏沉虚度,软痛一朵,人人病夫。此时非有极大之震动,极烈之改革,唤醒四万万人之沉梦,亡国奴之官衔,行见人人欢然自戴而不自知耳。和平改革既为事理所必无,次之则无规则之大乱,予人民以深创巨痛,使至于绝地,而顿易其亡国之观念,是亦无可奈何之希望。故大乱者,实今日救中国之妙药也。呜呼!爱国之志士乎!救国之健儿乎!和平已无可望矣!国危如是,男儿死耳!好自为之,毋令黄祖呼佞而已。

标准"愤青"黄侃跟詹大悲是湖北蕲春老乡,后来成为章太炎的首席大弟子、国学大师。当时,他是一名对清廷充满仇恨的新军士兵。这篇短评标题火爆,言辞激烈,公然鼓吹革命,"煽动祸乱",风传一时,震动全国。湖北地方当局感觉芒刺在背,忍无可忍。8 月 1 日,大江报馆被查封,詹大悲被捕。何海鸣自动投案。瑞澂本拟对詹、何处以重刑,以儆效尤,但慑于民愤和各方抗议,不得不高开低走,从轻发落。拖到 9 月下旬，汉口地方审判厅比照《大清报律》中"淆乱政体，扰害治安"一款罪名，判处詹大悲、何海鸣各监禁一年半，免科罚金，不得保释。这便是中国新闻史上著名的"大江报案"。"大江报案"成为政府实施专制、钳制舆论、迫害报人的最新典型案例。湖北地方当局上下不讨好，进退失据，狼狈不堪。文学社和共进会则适时加快了筹划起义的步伐。9月24日，革命党人在武昌胭脂巷召开大会，成立湖北革命军总指挥部。会上通过了《人事草案》，积极准备武装暴动。武汉的形势，已经如箭在弦。

10月9日上午，共进会首领孙武在汉口宝善里俄国租界内的政治筹备处搬移炸弹，部署起事，不慎引发爆炸，机密泄漏。俄国巡捕闻声而至，孙武带伤匆忙逃至同仁医院就医，机关内党人的名册、旗帜、印信等均被巡捕搜去，并移交给清方。瑞澂宣布戒严，封锁新军营门，收缴子弹，不准兵士自行出入，责令各级军官巡查镇抚。同时调集政治上相对比较可靠的巡防营、守卫队、教练队分途搜捕。革命党人在武昌、汉口的所有机关都被破获，彭楚藩、刘复基和杨洪胜等30余人被捕。次日黎明前，瑞澂悍然下令将彭、刘、杨押到督署东辕门内斩首示众。这厮自鸣得意地向朝廷汇报："所幸发觉在先，得以即时扑灭。"他做梦也没想到，接下来会发生一些什么事情。

被搜获的革命党名册上，新军多人列名其中。究竟是适可而止，网开一面呢，还是按图索骥，穷追猛打？瑞澂举棋不定。左右有人献计说：这类事情，在香帅督鄂时，时有发生，香帅的方法是将名单当众烧掉，借以安定军心，效果往往不错。

香帅指张之洞。张之洞，河北南皮人，字孝达，号香涛，曾长期担任湖广总督，是湖广新政的推行者和湖北新军的创办者。张香涛明显是在袭用曹孟德之故智。

瑞澂说："那么，我也把这份名册当众烧毁，可是要抄录一份保存起来。"天下没有不透风的墙，这话迅速传播、发酵。新军性命攸关，人人自危。当晚，共进会会员、工程第八营士兵程正瀛（湖北鄂州泽林镇大山村下庄屋人）率先击中前来弹压的该营二排排长陶启胜，打响武昌首义第一枪。于是，局面一发而不可收。

1912年元旦，孙中山宣誓就任临时大总统，中华民国成立。

麻婆豆腐

一帮吃货纵贯全川，大快朵颐当然是题中应有之义。且不说成都，也不说绝对值得写一篇专文的青林口李氏豆腐宴，广元、江油、绵阳、眉山、峨眉、乐山、宜宾、蜀南竹海、泸州……这些地方有点名气的餐馆，通常也各有绝活，各擅胜场。即便是一家旅途中随意停车用餐的无名路边店，大抵都用料新鲜，收费靠谱，不会漫天要价乱宰客，口味也起码差不到哪儿去。

川菜的一大特色，是用寻常材料，将色、香、味做到了极致。我注意到，蜀中几乎所有川味菜馆，都拿两种习见菜肴作为招徕：一是鱼，二是豆腐。鱼我所欲也，豆腐亦我所欲也。这里单说麻婆豆腐。

清人汪汲说周代已有豆腐。但先秦典籍中似乎没见任何记载，汪氏亦未能提供证据，殆为无根浮说。刻下比较流行而为人认可的说法是：豆腐的发明者乃西汉淮南王刘安。刘安是高祖刘邦的裔孙，文帝刘恒的胞侄，第一代淮南王刘长的儿子兼继承人，"物事之类，无所不载"的杂家巨著《淮南鸿烈》之主编。安徽淮南的"八公山豆腐"和"淮南王牛肉汤",至今享有盛誉,声名远播。

麻婆豆腐的发明者则因时隔未远,早已验明正身:她是一麻脸老妇,成都北门外万福桥头"陈福兴饭铺"的老板娘。据说伊"娘家姓温,排行第七,小名巧巧",光绪十七年出嫁。十年后,做木材生意的丈夫不幸翻船丧身。巧巧为了生活,从此与"小姑淑华"相依为命,开了一家乡间小饭馆。"油腻的方桌,泥污的窄板凳,白竹筷,土饭碗,火米饭,臭咸菜",光顾者多为贩夫走卒,不少是从附近油坊推大油篓的车夫,勉强度日而已。始料未及的是,她妙手偶得炮制出"麻婆豆腐",却极受欢迎,广为流布,雅俗共赏,"大人先生也特意来吃她烧的豆腐"了,生意一下子好至爆棚。久而久之,麻婆豆腐无可争议地成为川菜的代表作之一。汪曾祺称之为"烧豆腐里的翘楚"。

李劼人这样描述麻婆豆腐的烹制过程:

> 将就油篓内的菜油在锅里大大的煎熟一勺,而后一大把辣椒末放在滚油里,接着便是猪肉片,豆腐块,随于放一些常备的葱、蒜苗,一烩,一炒,加盐加水,稍稍一煮,于是辣子红油盖着了菜面,几大土碗放到桌上,临吃时再放一把花椒末。

汪曾祺将做麻婆豆腐的要领归纳为以下六点:

一要油多。

二要用牛肉末。

三要用郫县豆瓣。

四要用文火。

五要起锅时撒一层川花椒末。

六要盛出就吃。

要旨是：麻、辣、烫。

老头说他多次做过麻婆豆腐，都不是那个味儿，后来才知道该用牛肉末而不能用瘦猪肉末代替——但李劼人分明说用的是"猪肉片"。

李劼人长汪曾祺一辈，同样是著名作家兼美食家。他还是成都土著，自己开过饭馆。曾多次带家人和朋友到"陈福兴饭铺"用餐。1957年麻婆豆腐店公私合营后迁址，招牌就是请此公写的。猪肉片与牛肉末，孰是孰非？我来了兴趣，想寻找旁证，探出究竟。

林海音的说法是：用黄牛肉或羊肉。

车辐的说法是：用黄牛肉，加豆豉（放豆瓣是后起做派）。

一团乱麻。一笔糊涂账。看来，谁的说法更正宗，抑或究竟有没有所谓正宗，还真难说。管他呢，在我看来，麻婆豆腐只要麻、辣、烫，加上鲜、嫩、香，就是上品，就算正宗。

豆腐的发明者刘安死于非命，最有名的豆腐爱好者瞿秋白亦然。

中共早期领袖瞿秋白1935年2月在福建长汀被捕，6月18日从容就义。其间，他草就千古奇文《多余的话》。文章结尾，秋白写道：

中国的豆腐也是很好吃的东西，世界第一。

2009年6月24日

郭松龄与樊耀南

读毕《张作霖传》,同时参阅了多种相关书籍,这段历史与人物算是比较具有立体感地清晰显示出来。

民初政局,有点像东周列国,也有点像三国,更有点像五代十国。但拿得出手的人与事则很少见,精彩程度远远不及。这是什么原因?难道真是陈寅恪所谓的"退化论"作怪?

百花文艺出版社的近代名人传记,我有关于曾国藩(朱东安著)、袁世凯(侯宜杰著)、张作霖(徐彻、徐悦著)的三种,质量和可读性都还不错,朱著尤佳。曾、袁、张分别是湘军、北洋军、奉军(后称东北军)的开山鼻祖。曾出身书生,袁出身混混,张出身土匪,他们的道德、学问、才干和功业都呈现出一个明显的等差数列,每况愈下,一蟹不如一蟹。这是毫不奇怪的。

张雨亭当过棒子,老粗一个,政治野心极大,果于杀戮,不识大体,是一个不折不扣的军阀。但在军阀堆中,他又算是颇具特色的,可谓是庸中佼佼者。

直、皖、奉三系军阀，奉系后起，僻处一隅，条件最差，却最为抱团，维系时间最长，对时局影响最大、最持久。这与张作霖个人的才具与作风，自然关系极大，密不可分。环顾当时东西南北大大小小一干军阀，张作霖自己虽然死于非命，却是唯一完好无损地将衣钵基业传给儿子而获得成功的，这需要非凡的手腕。而张学良后来在中原大战和西安事变的两次石破天惊的选择和举动，极大影响乃至决定了国家走向及国共两党势力的消长，在历史上留下深深的烙印。

奉系有过两次较大的内讧。张作霖及身所见的一次，是郭松龄兵变。

郭松龄很受张作霖器重，与张学良关系也极好。他似乎深受其夫人韩淑秀影响。韩给人的印象，可不是一盏省油的灯。倘郭成功，韩的活跃程度，恐怕比后起之秀、她的义女邱毓芳有过之而无不及。盛世才主政新疆后，邱毓芳大出风头，号称"新疆的宋美龄"。

顺便说一句：有名的新疆特克斯八卦城，就是盛的岳父、时任伊犁屯垦使兼守备司令的邱宗浚主持建造的。

我注意到，郭叛张时，盛世才正在郭军中任职。这位日本陆军大学毕业的高才生是郭颇为倚重的新锐力量。郭松龄终于失败，除了他自己的一系列失策外，日军直接介入干预和基督将军冯玉祥本其一贯作风背约未践是不容忽视的两大原因。结果，郭松龄、韩淑秀夫妇双双遭擒杀，并被曝尸三天。

郭松龄滦州兵变的失败，常常使我想起同样功败垂成的樊耀南在新疆发动的"七七政变"。樊耀南，湖北公安人，留日学生出身，毕业于早稻田大学。他使命感极强，自视甚高，身居要位而对现状严重不满，有挫折感，周边认同率不高，敢作敢为而虑事不够周密。樊的结局，尤其令人惋惜。实际上，刺激他采取断然行动的，很可能只是一个误会——他和被刺的杨增新都很冤枉。两雄火并，同归于尽，最终捡到便宜的却是金树仁这等庸才。历史的发展往往就是这般吊诡。"六国嗤嗤，为嬴弱姬"，此之谓欤？

樊耀南和郭松龄都是兼资文武的一时人杰。但他们肯定没能顾上悉心研习一通历史上成功的政变案例，比如唐朝初年的"玄武门之变"和明代中叶的"夺门之变"。

2006 年 10 月 22 日

卷一
读史鉴人

盖棺难定盛世才

1930年，雄心勃勃不甘人下的盛世才在南京屈就参谋本部第一厅第三科上校科长，投闲置散，百无聊赖。老上司朱绍良曾保举他破格晋升少将，但参谋总长朱培德没有点头。朱培德是循规蹈矩的老派军人，对来路和做派都别具一格的盛世才并不特别欣赏和看好。

盛世才字晋庸，辽宁开原人。早年曾在上海中国公学专门部攻读政治经济学，与名报人张季鸾结下师生之谊。1917年，得亲友帮助，东渡扶桑，到东京明治大学留学，接触到一些马列主义理论。归国后，盛世才弃文从武，进入云南讲武堂（广东）韶关分校第二期步兵科学习，并与以粤赣湘边防督办身份兼任该校校长的党国元老李根源建立起密切的私人关系。盛毕业后，经李根源介绍，回东北在奉军第八旅郭松龄部发展，得到郭的青睐。依照郭松龄的旨意，盛停妻再娶，与郭的外甥女邱毓芳结成秦晋之好。1923年，经郭推荐，张作霖保送盛世才到日本陆军大学深造。邱毓芳同行，入东京女子大学习家政。盛世才主政新疆后，邱毓芳风头强劲，有"新疆的宋美龄"之称。顺便说一句，有名的新疆伊犁特克斯八卦城，最初便是由邱毓芳的父亲邱宗浚（时任伊犁屯垦使兼守备司令）主持规划营造的。

1925年12月，郭松龄发动滦州兵变，联冯（玉祥）叛奉，讨伐张作霖。盛世才奉命回国参与。终因人谋不臧，郭松龄兵败身死，著名才女林徽因也因此役遭遇了丧父之恸。盛受郭牵累，被取消公费，学籍几乎不保。但他是一个有办法的人，转而凭借齐燮元的接济资助，终于履险如夷，完成学业。1927年，盛世才回国，到国民革命军任职。要说，升迁其实也并不算慢。但以盛世才对自己的期许，这样随人俯仰按部就班实在无法忍耐。他决心另谋出路。

盛世才将目光投向了广袤的边陲。当时，云南省主席龙云正在物色讲武堂教育长人选。国民政府秘书彭昭贤向龙云举荐了盛世才，得到双方认可，入滇成行在即。恰在此时，新疆省主席金树仁派秘书长鲁效祖到沪、宁延揽军事人才，同样经彭昭贤介绍，鲁效祖与盛世才搭上线，双方一拍即合。较诸僻处一隅的云南，浩瀚辽阔的新疆及与之毗邻的第一个社会主义国家苏联无疑对具有国际视野的"海龟"盛世才更有吸引力。孰料好事多磨，金树仁对盛世才颇怀戒心，回电指示鲁效祖"婉拒"。但鲁效祖认定千军易得一将难求，而盛世才正是新疆急需的干才，以去就力争。金树仁不愿偷鸡不成蚀把米，只得勉予同意。1930年秋天，盛世才夫妇与鲁效祖一起乘苏联西伯利亚火车至新疆塔城,再转汽车到达迪化(今乌鲁木齐)。朱绍良预祝盛世才在边疆一展抱负,并馈赠了一笔旅费。

三年后,盛世才夤缘时会,投机成功,由上校一跃成为陆军中将加上将衔,独揽新疆军政大权,号称"伟大领袖盛督办"。他根据"四一二"政变后的形势,在共产党人和进步人士的帮助下,制定"六大政策",即反帝、亲苏、民族平等、和平、清廉、建设,标榜"建设新新疆"。

盛世才依靠苏联,吹捧斯大林,甚至加入了联共。但在错综复杂波诡云谲的形势下,他依然保持了一定的独立性。盛在莫斯科—延安—重庆之间玩手腕,走钢丝,出尔反尔,翻云覆雨,维持一种动态平衡,多次炮制所谓"阴谋暴动案",清除了一批批政敌,将大权牢牢攥在掌心。

1940年11月,斯大林威逼盛世才签订租借锡矿条约。1941年6月,苏德战争爆发,整个国际国内形势发生剧变。1942年3月19日,盛世才的胞弟盛世骐被刺。……诸多事变接踵而至,迫使盛世才不得不考虑改弦易辙。他决定与苏联和中共决裂,投靠国民政府。

虽然黄慕松、罗文干先后铩羽而归,此后又国事蜩螗鞭长莫及,但国民政府从来没有放弃完全控制新疆的企图。1941年,吴忠信巡视青海,成功劝说马步芳将河西走廊交给中央军驻防。同年秋,胡宗南派李铁军出任河西警备总司令,进驻甘肃酒泉,随时准备开入新疆。1942年7月3日,朱绍良(时任第八战区司令长官）携带蒋介石给盛世才的一封亲笔信，从兰州飞抵迪化，一下子拉近了新疆当局与国民政府的距离。在当晚的盛大欢迎宴会上，朱长官即兴赋诗：

立马吴山忆旧时，相逢塞外鬓如丝。
平生意气期无负，大好河山共护持。

盛督办为之动容。这不是一首普通的叙旧诗。卒章显志，它落笔在民族大义江山一统。以盛世才之精明强干，当然不会看走眼。他在被迫离开新疆前后，一再高自标树的，就是自己是个民族主义者，费尽移山心力，方使新疆版图完整归入中华民国。

后来不断有人追究盛氏的罪过，蒋介石直言不讳为之辩护开脱："某同志昨天在会上述及盛晋庸同志在新省主政时惨杀民众一事。诸位同志，要知道新疆省在我国西北边陲，其面积十五倍于浙省，自民国成立以来，中央与该省之联系似断似续，无权过问，盛同志卒能运用其力，将新省奉献于中央，功在党国。诸位同志，要明了此旨，顾念大体，勿再责难往事……"

盛世才终得善终。蒋介石也实现了"必为吾弟负责"的政治承诺。

履险如夷孙元良

在人才辈出将星如云的黄埔系,孙元良的才能不见得特别优异,名气亦只能算是中不溜秋。他的一生,却跌宕起伏斑斓多姿,充满传奇色彩,创造了多项纪录。尤其是此公惯能履险如夷,一再从千军万马中溃围而出毫发无损,端的福星高照身手非凡也么哥。

1924年初,北京大学预科学生孙元良南下广州投笔从戎,考入黄埔军校第一期,编在学生第三队。后来成为一代名将的关麟征、杜聿明、黄杰、陈赓等人,均是他的同窗队友。

黄埔一期生共有600余人,号称蒋介石的开山大弟子。孙元良文化程度较高,浓眉大眼,一表人才,加之为人机灵,口才便给,很快得到校长青睐。毕业后,历任国军排、连、营长,参加了两次东征和平定刘杨叛乱之役。1926年7月,国民革命军开始北伐,孙元良出任第一军第一师第一团团长。这个团长非同小可:所部是黄埔嫡系最精锐的队伍,含金量极高;一期同学当时当上团长的,仅有胡宗南、桂永清、范汉杰、蒋先云等寥寥数人。

北伐军在江西南昌与孙传芳军会战,先胜后败。蒋介石恼羞成怒,将第一师师长王柏龄、党代表缪斌革职,并声称要枪毙自行退却的孙元良,以儆效尤。其实,蒋才不会自剪羽翼。他只说不练,暗中送孙东渡扶桑,入日本陆军士官学校学习炮兵。返国后,很快就重新当上主力部队团长。中原大战后,孙元良升任装备最为精良的国民政府警卫军第一师第一旅旅长。1931年底,孙部改编为八十七师二五九旅,其仍任旅长。次年初,率部参加"一·二八"淞沪抗战,在庙行镇击退日军。因作战有功,孙获授宝鼎勋章,先后升任八十八师副师长、中将师长。

卢沟桥事变后,孙元良奉命率八十八师由无锡、镇江进驻上海布防。8月13日,日军发起猛攻。孙部率先投入战斗,在闸北地区与日寇血战两个多月,予敌重大杀伤,自身亦损失惨重。10月底,所部二五二旅五二四团在团副谢晋元率领下,在上海西藏路四行仓库孤军坚守掩护主力撤退,血战到底,誓不投降,震惊中外,传颂一时。

1937年底,时任七十二军军长(仍兼八十八师师长)的孙元良率部参加南京保卫战。南京失守后,他化装成难民,躲藏一个多月后侥幸逃出幸免于难,被蒋介石撤职查办。后奉派游历欧洲,考察军事。抗战后期,任二十八集团军副总司令兼第二十九军军长,在贵州独山击退准备直捣陪都重庆的日军,被国民政府通令嘉奖,获授最高等级的"青天白日"勋章。

卷一
读史鉴人

解放战争后期，孙元良充任国民党徐州剿总前进指挥部副主任兼第十六兵团中将司令。该兵团辖第四十一、四十七、九十九三个军，另有一个快速纵队及战车团、重炮团、工兵团等部队，总兵力约10万人，是淮海战役国军参战的主力兵团之一。

华东野战军攻克济南后，华东、华北两大解放区连为一体，华野南下在即，中原野战军亦向郑州—徐州间集结，淮海决战一触即发。南京的门户徐州首当其冲。

在雄心勃勃别有怀抱的副总统李宗仁之怂恿下，华中剿总总司令白崇禧婉拒了蒋介石要他统一指挥华中（武汉）、华东（徐州）两大剿总的要求，只是表态说届时会以大局为重，按实际情况调动兵力。而徐州由老迈衰朽的"福将"刘峙坐镇，其难以胜任，路人皆知。刘峙倒有自知之明，主动建议遴选一名黄埔一期毕业、曾任兵团司令官以上、资历深而有作战经验、能孚众望者，担任徐州剿总副总司令兼前进指挥部主任，负责前敌指挥。国防部部长何应钦同意此案，以宋希濂、杜聿明符合条件，签请蒋介石核定。结果宋希濂托辞请免，败军之将杜聿明被选中，勉为其难二进宫。杜从东北抵达徐州时，淮海战役已打响几天。

先机既失，处处被动。先是黄百韬第七兵团在碾庄顽强抵抗后终被歼灭，接着从华中前来驰援的黄维第十二兵团在双堆集陷入重围。而打通徐蚌线，与李延年、刘汝明两兵团会师的计划又遭遇华野坚决阻击，进展困难。杜聿明下决心放弃徐州，率邱清泉、李弥、孙元良三个兵团取道萧县、永城，企图出敌不意捌其侧背，解救黄维兵团，合股南撤，为老蒋保留一点老本，借以拱卫南京、上海，保全东南半壁。但蒋介石一再变更决心，杜聿明则一味服从命令，缺乏必要的机断。结果方向飘移，行动迟缓，撤离徐州不久，就被华野追尾包围，自身难保。

孙元良认为坐守无异于待毙，坚决主张趁包围圈尚不严密之际，抛弃辎重，迅速突围。邱清泉、李弥均表同意，杜聿明随即下了命令。但邱部第二兵团第七十四军（孟良崮战役后重建的）军长邱维达没有意识到势态之严重，认为尚有战力，以不战而退为耻，拍着胸脯打包票。邱清泉本来就担心丢了重武器无法向"老头子"交代，又激于部下的战斗意志，就去跟杜聿明商量，改变成议，依从邱维达的意见，拟硬打出去。李弥表示服从命令。而孙元良深知老同学的性格，回到本部后即着手准备突围，并掐断电话线，以防杜聿明变卦。孙部按原计划单独突围，几乎全军覆没。孙元良化装成农民，再次侥幸逃脱，经信阳、武汉抵达南京。后回四川，重组第十六兵团。1949年年底去台湾。

川军名将孙震是孙元良的叔父，著名演员秦汉（本名孙祥钟）是他的第五个儿子。

2007年5月25日，孙元良在台湾逝世，享年103岁。至此，一代天骄黄埔一期生全部成为过去时。

卷一
读史鉴人

郭沫若心狱难言

郭沫若的《中国古代社会研究》1930年3月由上海联合书店出版，风行一时，被认为是唯物史观的开山之作。此后十余年，时局动荡，烽火连天，兴趣广泛的郭氏钻研了一番甲骨文和金文后，将主要精力转向政治与文学。1942年11月，庆贺罢五十寿辰，鼎堂重拾旧好，再次开始深入研究先秦诸子学术思想流变及其所处的社会状况，撰写了多篇论文，于1945年3月编成《青铜时代》和《十批判书》两部姊妹专集，由重庆文治出版社付梓。《青铜时代》偏于考证，陈寅恪认为它是郭沫若最好的著作。《十批判书》偏于批评，其中《孔墨的批判》和《吕不韦与秦王政的批判》两篇，推崇孔子，对嬴政则作了旗帜鲜明的揭露和谴责。上述三本书，无疑是才华横溢建树众多的郭沫若作为史学家的代表作。

1948年，最高学术机构中央研究院推选第一届院士，竞逐者众，遴选标准严格审慎。结果，共有81位各学科门类的杰出学者当选院士。其中人文组仅28人，郭沫若赫然在列。他是作为考古学家入选的。谢泳认为："1948年郭沫若的政治态度是人所共知的，但中央研究院没有因为他的政治倾向就把他排斥在院士以外，所以大体可以说，第一届中央研究院院士的选举没有政治干预。"此说固然不错，但也不妨从另一个角度进行观察和分析：选举首届院士，荣誉崇高，审查严苛，竞争激烈，僧多粥少，名家落选者不乏其人；如果没有公认的、足够的学术成色和分量，胡适、傅斯年诸人再怎么能兼容并包容纳异己，也不可能轮到"革命文化的班头"（周恩来语）郭某聊备一格敬陪末座。

1954年6月，《十批判书》修订本由人民出版社重新编排出版。作者不再高标"人民本位"，对秦始皇亦颇多恕词。

1966年初，山雨欲来风满楼。4月14日，郭沫若在全国人大常委会的一次会议上极力自污："我是一个文化人，甚至于好些人都说我是一个作家，还是一个诗人，又是一个什么历史学家。几十年来，一直拿着笔杆子在写东西，也翻译了一些东西。按字数来讲，恐怕有几百万字了。但是，拿今天的标准来讲，我以前所写的东西，严格地说，应该全部把它烧掉，没有一点价值。"

某些时贤缺乏"同情之理解"，近年频繁对此上纲上线口诛笔伐。其实，郭老这段话，极其沉痛，极为悲凉，有特定的背景与含义，颇堪玩味。范文澜的几封相关信件，正好作为其注脚。

同年5月6日，范文澜致函刘大年、黎澍："运动发展到惊人的程度,问题之深之广,简直不可想象。""我的草稿,匆匆写出来了,请你们提意见,加以删改。高的调门不必减低,说理不妥处可改。"接下来的几封信,口气越来越峻急焦虑。5月11日函称:"有人从康老那里听说,郭老发表了谈话,得到主动,范某也该主动有所表示才好。我那稿子,比起目前形势来,已经大大落后了。"18日连发两函,说:"昨天我晤陈伯达同志,他直言相告,大意说我倚老卖老,没有自我批评,保封建皇朝,不要以为有些知识就等于马列主义。郭老批评就主动了……我看情况很不好。"又说:"请毫不容情地加上自我批评的文字,愈过头愈好。请你站在敌对者的方面,尽量抨击,不大大抨击,将来自有人出来抨击,那就被动了。这一点务请采纳为幸!"

其间的5月16日,中国正式跨入"史无前例"的年代。

范文澜与郭沫若、翦伯赞合称"三老",同为马克思主义史学研究的领军人物。从范老这些充满紧张、不安、无奈与苦涩的信件中,不难窥见地位更高、被封为文化领袖的郭老的处境与心境。当时,他们想必对"最高指示"如"矫枉必须过正,非过正不能矫枉",有了更为准确和痛切的理解。1968年12月18日夜间,翦伯赞夫妇双双吃下大量安眠药自杀身亡。"三老"尚且如此,陈寅恪、顾准、老舍、傅雷辈的命运,不难推想。

1973年8月5日,毛泽东口授了一首诗,七言八句,题为《读〈封建论〉呈郭老》,劈头就是:劝君少骂秦始皇!中间坦言:《十批》不是好文章!

1974年1月25日,江青在中央直属机关和国家机关"批林批孔"动员大会上作报告,念了毛的新诗,并点名批评郭沫若。郭被迫检讨,又奉和七律两首,再度全盘否定自己,讴歌伟大领袖。

"文化大革命"期间,郭沫若的两个儿子郭民英和郭世英先后死于非命。晚年丧子,人生至痛。郭老只是默默抄写亡子的日记,寄托哀思。他什么也没说。

郭沫若病逝于1978年,享年86岁。其时,小他一轮的四川同乡巴金正在香港《大公报》上开始连载系列散文《随想录》。

汪曾祺居大不易

汪曾祺老来发力，佳作迭出，声誉鹊起，过了十几年相对舒心的日子。但"好老头"仍不乏烦扰。他曾抱怨说："一些写我的文章每每爱写我如何恬淡、潇洒、飘逸，我简直成了半仙！"那么，什么是汪曾祺晚年最大的隐痛呢？窃以为不是"四人帮"垮台后一度受到牵连，也并非去世前忽然被卷入《沙家浜》署名案，而是一直没有属于自己的房子。

汪曾祺1920年生于江苏高邮，是秦少游的乡党。据有心人统计，其父汪菊生在高邮城的房产总数为26处，217.5间，3337.85平方米。汪曾祺的少年时期，堪称富足愉悦。抗战军兴，汪内迁到大后方的云南昆明，求学于西南联大，从此远离故乡。

1949年后，汪曾祺先在北京市文联工作，"干得好好的"。1955年2月"突然换了地方"，调到隶属中国文联的民间文艺研究会编《民间文学》——后者的负责人为了将他拉过去，给他加了两级工资，"从文艺六级一下子变成了文艺四级，相当于副教授，月工资一百八十多元"。在年资相近的人群中，顿显出类拔萃。汪后来说，他的实际职责，相当于编辑部主任；而汪夫人施松卿则说，应该是执行主编。

1958年春末，汪曾祺去河南林县出差，平生第一次坐上火车软卧，享受到"高干待遇"。然而，好景不长，乐极生悲，这年夏天，他被补划为右派，撤销职务，工资直降三级，从180多元减至105元，并从北京下放至张家口沙岭子农业科学研究所劳动。三十多年后，老头在《随遇而安》一文中写道："我当了一回右派，真是三生有幸。要不然我这一生就更加平淡了。"这是实话，有感而发。但毕竟是事后的自解之辞。在当时，汪曾祺大约不会如此淡定："派曾右"后，单位不要他了，"还算可以"的住房也被收回。工作和住房，这两大沉甸甸的现实问题，压得他喘不过气。

下放劳动数年后，汪曾祺获准回京，辗转调至北京京剧院上班，工作问题算是得以解决。"文化大革命"期间，他出色的文笔借"样板戏"风光了一把，还上了一回天安门，让兀自身处逆境的友人黄裳、黄永玉等感觉欢欣鼓舞，直欲弹冠相庆。世事变化后，却又给他带来无尽麻烦。这是后话。至于住房，整个后半生，他一直蹭新华社（施松卿供职单位）分配的房子住，被妻儿戏称为"寄居蟹"。一家人起先挤在宣武门附近国会街五号一间"只有七八平方米，黑乎乎的，白天也要点灯"的"门房"，而后长住甘家口，后来搬到蒲黄榆。甘家口的宿舍临近玉渊潭公园和钓鱼台国宾馆，环境不错，但那房是五层红砖

卷一
读史鉴人

楼房,"黑乎乎","湫隘狭窄",开间很小,汪曾祺夫妇和三个儿女挤住在一套二居室,合用一张写字台。《受戒》《异秉》《大淖记事》《徙》等短篇杰作,都是在这儿写出来的。1983年搬到蒲黄榆,情况稍有改善。韩蔼丽对此曾有详细描述:

> 住所还是新华社的宿舍,两居变三居。这房是属于"文革"后北京最早建造的高层居民楼。十几年一过,这些楼外面褴褛,里面破落,布局陈旧,结构拘束,厨房转不开身,厕所一米见方,没有澡间,没有厅。汪曾祺住的是小三居,进门是一小过道,什物杂杂乱乱,扫帚簸箕热水瓶茶杯纸箱菜篮,来了客人,老汪头就在过道里沏茶。稍大的一间房接待客人、吃饭、看电视,还有一间施大姐和小女儿汪朝住,一间7平方米左右的小屋,比鲁迅博物馆的"老虎尾巴"还挤地放着一桌一椅一床,就是老汪头的卧室兼书房了。
>
> 施大姐对我说:白天,老头把堆在桌上的东西统统搬到床上,写作。晚上把堆在床上的东西搬到桌上,睡觉。
>
> 从1983年到1996年,汪曾祺都住在这里。在这间屁帘儿大的小屋里,写出了他一生大部分的作品。和弄色彩,潇洒泼墨,提笔作画,挥毫写字,读书写作,喝茶休憩,沉思冥想,天南地北,斯是陋室,惟吾德馨。我从没听到过汪曾祺对这幢破楼对这间陋室有过一句怨言。这近乎贫民窟的地方,他住得怡然自得。

住房条件得到明显改善，是在 1996 年 2 月。汪曾祺搬至虎坊桥福州馆前街一幢崭新的大楼，新居相对宽敞明亮，设备齐全。尤可一说的是，在去世前约一年又三个月，中国当代最优秀的作家终于有了一间属于自己的书房——这出自儿子汪朗的孝敬：新居是《经济日报》（汪朗供职单位）的福利房。

"书画萧萧余宿墨，文章淡淡忆儿时。"汪老写得最好的几篇小说，题材都是回忆儿时和故乡。1981 年 10 月 10 日，他回到念兹在兹、阔别长达 42 年的故里。此后，又曾两次返乡。汪曾祺尽己所能，为故乡做了不少事情。他希望政府能将闲置的几间汪家旧宅归还，改善弟妹们的生活条件，自己以后回乡小住，生活起居和写作亦将比较便利。1993 年 5 月 30 日，汪致函高邮女市长戎文凤，略谓："曾祺老矣，犹冀有机会回乡，写一点有关家乡的作品，希望能有一枝之栖。区区愿望，竟如此难偿乎？"情感洋溢，极为沉痛。但官场之事，难言乎哉，名满天下的"文章圣手"（贾平凹语）没能打动父母官。

1996 年，戎文凤（时任扬州市常务副市长）等进京晋见江泽民，汇报工作时列举了多位当地历代文化名人。江泽民提醒说："高邮还有个汪曾祺！"戎文凤回去后，"曾经在许多场合不无炫耀地向很多人传达过江总书记这条指示"，但依然不认为有必要帮汪曾祺满足那点微末的愿望。2001 年，戎文凤受贿罪东窗事发，获刑 13 年。令人感慨的是，她之所以贪赃枉法以权谋私，据称动机是为自己在北京工作的儿子买房！

在妻儿的"威胁利诱"下,汪曾祺也颇不情愿、很不专业地起草递交过一份请求分配住房的报告。他写道:"我工作几十年,至今没有分到一寸房子……"

汪氏座师沈从文的遗言是:对这个世界,我没什么好说的。

"倘有新式的人"问弥留之际的汪曾祺有何感想,他会说些什么呢?

卷二

读书知人

一份书单

春节期间,辞不获已,给一个刚上武汉大学新闻系的小朋友开了一份书单:

1.《现代汉语词典》(商务印书馆)。读书必先识字。

2.《唐宋名家词选》(龙榆生编选,上海古籍)。最好的本子。

3.《唐诗三百首直解》(浙江古籍)。很好的本子。没有一点唐诗宋词打底子的中土学人肯定是蹩脚的。

4.《史记选注集评》(韩兆琦,广西师大)。内容精要,颇便初学。

5.《三案始末》(温功义,重庆)。不知名的大家小书,比新出的那些大部头的明史著述强出不知凡几。尤其要精读"帝权与相权""从宰相到阁臣"这两章,并注意其与民国初年总统制与内阁制之争的内在关系。作者是《大公报》旧人,曾亲炙张季鸾、胡政之两先生。

6.《红楼梦人物论》(王昆仑,三联)。立论通达,文采斐然。

7.《中国自助游》(中国友谊出版公司)。同类书中最好的。

很不错的导游和工具书。读万卷书，还得行万里路。即就一个读本而言，也是很有意思的。

8.《变化：1990—2002中国实录》（凌志军，中国社科）。此书有三最：胡舒立、凌志军、卢跃刚、余刘文，是我心目中中国现在最优秀的记者；本书是迄今为止凌最好的著述；在现时语境下述评这段非常时期，我认为本书已尽最大努力。

9.《黄河边的中国》（曹锦清，上海文艺）。一味躲在书斋里革不了命，也难做好学问。

10.《近二十年文化热点人物述评》（骆玉明，复旦大学）。剀切工稳，胜义纷披，可惜漏列三王（蒙，朔，小波）。

11.《汪曾祺作品自选集》（漓江）。多好一老头。

12.《沉默的大多数》（王小波，中国青年）。多好一哥们。

13.《品人录》（易中天，上海文艺）。他的语言具有一种特质。言必有据，但毫无书院气，像好的侦探或武侠小说一样好读。

14.《沉重的肉身》（刘小枫，上海人民）。刘的思想，与我南辕北辙。但读他的东西，还是有一种被冒犯感（借用王小波的说法）。

15.《文化人与钱》（陈明远，百花文艺）。鲁迅说：梦是好的；否则，钱是重要的。胡适晚年多次劝唐德刚趁早多攒些钱。老舍说：钱是人的胆子。该书对文化人在当今时世如何安身立命会有借鉴作用。

16.《中国传媒》（孙际铁，珠海）。读之可对时下传媒业有个大致的了解。

17.《大公报史：1902—1949》（周雨，江苏古籍）。1949年之前的《大公报》是百年中国最成功的报纸，张季鸾先生是中国最杰出的报人。顺便说一句，张氏传人中，我欣赏徐铸成，而不怎么喜欢王芸生。

18.《揭开真相——南方周末知名记者报道手册》（谢春雷，浙江人民）。可作为采访、写稿的向导书。

19.《世纪的电影》（吴冠平主编，三联）。可指导看片和淘碟。

20.《西方著名哲学家评传·第八卷》（山东人民）。该书对我十多年前的思想建构有举足轻重的影响。它也会指导你去读一些真正值得读的西方经典著作。

21.《哲学研究》（维特根斯坦，商务）。如果愿意想得深些、玄些、形而上些，该书是一不错的选择。

22.《形而上学》（泰勒，上海译文）。名不副实。其实很有意思，也很好读。

23.《非理性的人》（巴雷特，商务）。一条一以贯之的西方思想文化主线。

24. 三部中篇小说《变形记》（卡夫卡），《局外人》（加缪），《老人与海》（海明威）。见多种集子。由此可见文学的深度与力度。你随后也就知道了精华与垃圾的区分。

25.《宇宙的最后三分钟》（戴维斯，上海科技）。比《时间简史》好读得多。

挂一漏万，知所难免。录如上。供大家一笑。

2005 年 6 月 28 日

第二份书单

小记：网友海边之人兄的女儿在厦门大学中文系读书。她看了我的《一份书单》，认为还不错，有一定参考价值；并进而要求我针对小朋友的专业特点再开一份书单，即偏于文学方面。推辞不掉，恭敬不如从命。当时比较忙，我承诺在本月初开出。鉴于也有一些朋友先后提出过类似要求，经海边之人兄同意，我将这份书单在书话贴出，供有兴趣的朋友一笑。为了避免重复，《一份书单》中已经列入的书籍概不涉及。

1.《远东英汉大词典》（梁实秋主编，远东图书公司）。读书必先识字。当今时势，只识汉字是远远不够的。这本词典我用了多年，觉得还好使。牛津词典很常见，故不及。

2.《庄子释译》（欧阳景贤等，湖北人民）。千古奇书，百读不厌。文字的优美恣肆，意义的婉曲精深，妙不可言。这个本子不错，但印刷相当差劲。

3.《诗经译注》（程俊英，上海古籍）。很好的本子。

卷二
读书知人

4.《白话楚辞》（吴广平，岳麓书社）。不错的本子，尤便初学。

5.《史记》（中华书局）。当文学作品看一样好，甚至更好。必须精读。

6.《世说新语译注》（张万起等，中华书局）。《世说》也许是中国历史上最有情致的一本书。如果做研究，当然还是余嘉锡先生的本子好。

7.《唐诗鉴赏词典》（萧涤非等，上海辞书）。同类书中较好的一种。后出的，一蟹不如一蟹。

8.《今古奇观》（人民文学）。除了文采，还可以见识到古代尤其是明朝中期的风土人情，很有味道。可读性亦强。

9.《聊斋志异》（河北教育）。这是一本奇书，百读不厌。我读书取实用主义，一般不太讲究版本。此书，因为太过喜欢，买有多种版本，各有所长。上列是白文本口袋书，轻巧漂亮。

10.《人间词话百年解评》（刘锋杰等，黄山书社）。这个本子资料比较丰富。以我的偏见，王静安薄薄的一本《人间词话》，水平是在钱锺书的大作《谈艺录》之上的。其文字之精洁，见解之高超，梁某叹为观止。

11.《朝花夕拾》（鲁迅，人民文学）。比较适合现阶段阅读。不忙读《野草》。

12.《鲁迅书信集》（上、下册，人民文学）。可以学到很多东西。对准确、深入认识和了解鲁迅也很有帮助。

13.《沈从文散文选》(湖南人民)。收有《从文自传》《湘行散记》《湘西》《一个传奇的本事》。除了《边城》,沈先生的精华大抵集于此书。

14.《书林秋草》(孙犁,三联)。内容和版式都很不错。现在很少见到这样平实娟秀的好书了。

15.《黄裳散文》(浙江文艺)。黄裳的文章、见识都不错,我很喜欢。而其各种集子收文之一再重复,也颇为人所诟病。斟酌了一下,还是推荐这个本子吧。

16.《锯齿啮痕录》(流沙河,三联)。同样是写右派生涯,窃以为流沙河的《锯齿啮痕录》比《往事并不如烟》要好,主要在于两点:其一,没有戾气。其二,没有洗刷不去的优越感。平实深婉,感人至深。这是一部不甚知名的大家小书,几乎绝版。我的一本三联初版书,被一个老友有借无还。去年,这位老兄去了法兰克福,随身携往30来本中文书籍,该书荣幸入选。回归无望,再版无期,也许只有网上淘书一途了。

流沙河"派曾右"后,拉过好几年大锯,两人对拉,锯木板。其诗云:"六十四颗铁钉啃着我的中年。"当时感觉惊心动魄。历久难忘。

17.《红楼梦与百年中国》(刘梦溪,河北教育)。内容丰富,立场公正,对《红楼梦》及红学作了鸟瞰式勾勒与回顾,值得一读。

18.若干值得认真一读的现、当代小说:

《阿Q正传》《故乡》《在酒楼上》《孤独者》《伤逝》（鲁迅）

《呼兰河传》《小城三月》（萧红）

《边城》（沈从文）

《铁木前传》（孙犁）

《老井》（郑义）

《草青青》《青砖的楼房》（何士光）

《叔叔的故事》（王安忆）

《风景》《桃花灿烂》（方方）

《祭奠星座》《绝望中诞生》（朱苏进）

《重瞳》《对话》（潘军）

《黑骏马》《北方的河》（张承志）

《来到人间》《命若琴弦》《我与地坛》（后一种是散文，史铁生）

《晚霞消失的时候》（礼平）

《金瓯缺》（徐兴业）

《马桥词典》（韩少功）

《遗弃》（薛忆沩）……

19.《中国现代小说史》（杨义，人民文学）。好的《中国文学史》尚未出世。此书由杨义独立完成，很见功力，亦算难能可贵了。

20.《喧哗与骚动》（福克纳，李文俊译，浙江文艺）。结构谨严，描写精确，意识流动，大家之作。

21.《百年孤独》。不多说。地球人都知道。

22.《呼啸山庄》(艾米莉·勃朗特,方平译,上海译文)。一部表面简单,其实内涵相当复杂的小说。多年前初读时的震撼记忆犹新。

23.《妇女乐园》(左拉,侍桁译,上海译文)。著译俱佳。与中国当今现实很具可比性。

24.《金阁寺·潮骚》(三岛由纪夫,唐月梅译,译林)。极具张力与异质的文字。只是这个译本不是很理想。

25.《罪与罚》(陀思妥耶夫斯基,朱海观等译,人民文学)。长篇名家中,只有陀氏的著作全部看过,个人最偏爱这一部。杜尼娅是我心目中最有光彩的俄罗斯少女。我认为,陀氏写作此书时,精神最为健全。

26.《加缪传》(洛特曼,肖云上等译,漓江)。一个文学史与思想史上奇才的生平和精神传记。折射了一个时代。对深入了解存在主义群英也很有助益。

该打住了。还是留待以后与朋友们一起探讨补充吧。

一家之言,挂一漏万。姑妄言之,姑妄听之。

2005 年 12 月 1 日

从经济角度读名家书信

题记：喜欢阅读名人日记和书信。本篇单说书信，而且仅从经济角度着眼。管窥蠡测，不贤识小，此之谓欤？一笑。

一

《王国维全集·书信》中写给罗振玉的信大概超过了一半，其中又有泰半内容涉及经济，包括大大小小的报账及形形色色的清单。罗王之间控制与依附的人际关系跃然纸上栩栩如生。

陈寅恪诗曰：自由共道文人笔，最是文人不自由。

旨哉斯言。

二

陈寅恪 1930 年 5 月 9 日致陈垣：

"前呈拙文（梁按：指《吐蕃彝泰赞普名号年代考》）首段，

误检年表,致有讹舛,可笑之至,疏忽至是,真当痛改。乞勿以示人,以免贻笑为幸。"

这封信《陈垣来往书信集》只有系年,《陈寅恪集·书信集》则详系于 1930 年 5 月 9 日。

二十世纪三十年代,二陈相互请益,彼此推重,关系亲密。作为名父之子世家子弟,陈寅恪不惟自视甚高,而且相当爱面子。

陈寅恪 1961 年 8 月 4 日致吴宓:

"弟家因人多,难觅下榻处。拟代兄别寻一处。兄带米票每日七两,似可供两餐用,早晨弟当别购鸡蛋奉赠,或无问题。"

吴宓日记 1961 年 8 月 18 日:"(是日)复函广州陈寅恪兄、嫂八月四日航函,告宓约于八月二十六日到广州,粮票所带甚多,每日可有一斤,无需另备早餐,云云。"

"受教追陪四十秋,尚思粤海续前游。"67 岁的西南师范学院教授吴宓想念阔别多年、年过七旬、时任中山大学历史系教授的陈寅恪,打算远出蜀道,南下探视。

子曰:有朋自远方来,不亦乐乎?陈寅恪固然很爱面子,待客礼数一向也是很周全的。何以琐屑乃尔?初读时不得其解。一贯"好读书不求甚解",也没有深思。

日前读《李劼人晚年书信集》,一下子有了答案。都怪自己疏忽:1961 年,正所谓"三年困难时期"嘛,国内物资供应极度匮乏。难怪,难怪。寅恪先生晚年目盲足膑,书信均由夫人唐筼代笔,叮咛周至,正是其特色。

三

李劼人是我喜欢的作家和人物。有料,有趣,有种,此公庶几当之。余生也晚,不能亲至菱窠一品厨艺,尤觉抱憾。下次到成都,一定要去李劼人故居博物馆学习观摩一番。

《李劼人晚年书信集》编排有点乱,开本稍小,纸质欠佳。但它具有多方面的史料和研究价值,读起来也津津有味。与子女及亲友的通信,可窥见北京、成都两地物资匮乏的程度及物价消长情形。李劼人身兼著名作家、文艺界头面人物、无党派爱国人士、成都市副市长、市省全国三级人大代表和政协委员等多种虚实头衔,尚且深感饥馁之威胁,无力卵翼儿女周济亲朋,至于平头百姓及底层民众承受的现实痛苦,可想而知。

这里挑点轻松有趣的话题,不及其余。

李劼人1961年5月8日致朱良辅:

曹稚云花鸟屏一台,既已成议,此十二元,随时来舍,随时面交。郭復翁对联一副、王引之对联一副,前已共还过一十六元,兹再酌加四元,凑成二十元。如前途承诺,此二十元短期内亦可清付,如不承诺就算了,多一元也不要。至第二批字画,已斟酌如下:沈□□对联一副,开价十四元,还九元;

钱梅溪短联一副,开八元,还六元;蒋花龙画兰小条开六元,还五元;赵之谦字条开六元,即照还六元;黄宾虹字条开八元,还六元;顾印愚字条开九元,还七元;笪重光字条开二十八元,还一十六元。此一批开价中平,还价总数亦在七折以上。如前途尚不满意,则全部退还。即使前途答应,而此五十五元,亦须老实缓一下才能付出也。

瘦死的骆驼比马大。李劼人虽然困窘,毕竟有些积蓄,手头活泛。有钱买不到的东西不去想它好了,送上门的名家字画以这等价格标售还可以讨价还价,难免令后辈扼腕兴叹。李劼人对卖家心理的揣测非常到位,笔墨功夫和议价能力更是了得,攻守有度,进退自如。这笔买卖估计是成交了。

四

近年涨价最厉害的是什么?

不是农产品,不是石油,不是学费,不是房子,不是人民币VS美元汇率,不是黄金,当然更不是股票。那么,究竟是什么呢?

答曰:非艺术品收藏莫属。

姑举一例,以概其余:6月3日晚,北宋黄庭坚的墨迹《砥柱铭》以 3.9 亿元落槌。加上 12% 的佣金，总成交价达到了 4.368 亿元。这一成交价远远超过了 2005 年伦敦佳士得拍卖会上《元青花鬼谷下山图罐》创造的约 2.3 亿元中国艺术品成交纪录。

古剑藏有一幅张大千画作。施蛰存曾一再催他"脱手"，说是"过了 1997 年，会大跌"。

现在看来，施蛰存未免言之过早。如果那个时候真的卖掉，就亏大了。下次当记得问问古剑兄，在这个具体问题上他是否听从了老师的意见。

施蛰存也提过颇有远见的建议。他 1994 年 2 月 24 日致函古剑：

13/2 信收到，看了很纳闷，你为什么急急于退休后的事？香港现住房子已是你的了，退休何必躲到珠海去？我劝你即使要在大陆买房，以上海为妥，还可以分期付款。再不然，可以到松江、嘉定或青浦去买一座旧式宅院，佳更廉，可以莳花种竹，亦有诗趣。如在上海，还可以开一个小店，亦足贴生活，《文汇报》有一记者在西门开了一个小书店，生意不坏，我把四五百本英文学术书托他卖，第一个月他送来 1000 元，说是只卖了三四十册，一本巴尔扎克的小说（三十年代版），居然卖了 50 元。

2006 年深秋，在苏杭一带转悠了几天。苏州的朋友介绍说：

这个那个院子原来只卖多少万，某年某月港台某人买去，现在值多少多少万。

五

施蛰存早年曾与鲁迅论战并且不落下风，端的了得。北山四窗，非比寻常。一直仰慕此老。他又是众所周知的"拗相公"，垂老意气不曾少衰。

1979年1月17日，施蛰存致函茅盾，首称"雁冰先生阁下"，末署"五十年前老门生"。"拗相公"何以对茅盾如此俯首帖耳？有点意外、纳闷。

其实，多翻几本书就会知道，二十世纪二十年代前期，施蛰存在上海大学中文系求学，茅盾正是他的座师，主讲希腊戏剧和神话，两人确有师生之谊。如此称呼，不足为怪，其来有自。

有趣的是，施蛰存那时正好坐在丁玲后排。才女的背影，让他经久难忘。北窗晚年曾吟诗感旧：六月青云同侍讲，当时背影不曾忘。

这又让我想起孙犁晚年致丁玲的一封信。节录如下：

信，今天果然收到了。我们小小的编辑部，可以说是举国若狂，奔走相告。您的信又写得这样富有感情，有很好的见解。您的想法，我是完全赞同的，我们这些年龄相仿的人，都会响应您的号召的。

我自信，您是很关心我们这一代作家的，也很了解我们的。不只了解我们的一些优长之处，主要是了解我们的短缺之处。我们这一代人，现在虽然也渐渐老了，但在三十年代，我们还是年轻人的时候，都受过您在文学方面的强烈的影响。我那时崇拜您到了狂热的程度，我曾通过报纸杂志，注视您的生活和遭遇，作品的出版，还保存了杂志上登载的您的照片、手迹。在照片中，印象最深的，是登在《现代》上的，您去纱厂工作前，对镜梳妆，打扮成一个青年女工模样的那一张，明眸皓腕，庄严肃穆，至今清晰如在目前。这些材料，可惜都在抗日战争和土地改革时期丢失了。

1980 年 11 月 2 日

丁玲是二十世纪能分别让鲁迅和毛泽东为她吟诗作词的唯一女性，她的才气和她在那个时代的影响力，刻下恐怕是被大大低估了。

六

积习难除，喜欢买书，近年仅每年网购书籍的数目及金额已然可观，孔网是主要场地。说来惭愧，胡同的布衣书局名气不小，口碑不错，我却未在那儿买过一本书，甚至不曾注册。

或许是它的书不太对我的路子吧。

布衣论坛,活跃着一帮书友,时或可以看到颇有意味的文章和争吵。我每周通常会"潜水"进去三两次,领略过不少有趣的景致。

谷林曾送给止庵一批书,包括若干知堂、黄裳等人著述的初版初印及其他罕见版本,目前市值不菲。有人根据《谷林书简》考证,其中一些书并非谷林主动"送"的,而是止庵开口"要"去的。

长乐老说:

一要一送都是人家的事,确实。

但利用信息不对称,人家七八十岁的老人家不上网,不去拍卖行,不知道市场价,而"要走"总价值相当巨大的黄裳书、知堂书,不知道是否算是正大光明?

不知道谷林老先生是否有子女孙辈?我还是建议止庵同学把一总事儿(不知道是否还要走其他啥?)向谷林的遗产继承人说清楚的好,早说比晚说好。当然俺希望结局是皆大欢喜,谷林后人说:那些东东你就拿着玩儿吧。

……

尤有甚者:止庵得自谷林的,还有50页知堂手稿。当初是"给"还是"要",刻下该"留"还是该"还",众说纷纭,莫衷一是。

很难说这些批评毫无道理,但似乎又失于严苛,近于诛心。毕竟,具体情形,前辈心态,局外人不好臆断。

有一个例子,可以作为旁证:

施蛰存送了一幅岭南画派代表人物之一黎雄才的画作《古城新月酒家》(梁按:原信误作《烟江渔舟》)给古剑,"大约1943年作","有三市尺阔,七八市尺长"。古剑一度误解,以为是托他代卖。施蛰存特意回信说明:"黎雄才的画是送你的。"

参考书目(按出版时间先后为序):

《王国维全集·书信》,吴泽主编,中华书局,1984年3月版。

《陈垣来往书信集》,陈智超编注,上海古籍出版社,1990年6月版。

《陈寅恪集·书信集》,陈美延编,生活·读书·新知三联书店,2001年6月版。

《尘封的记忆——茅盾友朋手札》,上海图书馆中国文化名人手稿馆编,文汇出版社,2004年1月版。

《施蛰存海外书简》,辜健整理,大象出版社,2008年4月版。

《李劼人晚年书信集》,王嘉陵主编,四川大学出版社,2009年9月版。

《谷林书简》,董宁文编,南京师范大学出版社,2009年10月版。

2010年7月14日凌晨初稿,
2015年5月6日增订。

《花随人圣庵摭忆》的几个版本

福建侯官（今福州）人黄濬，字秋岳，博学高才，兼通文史，著有《花随人圣庵摭忆》。其书"援引广博，论断精确，近来谈清末掌故诸著作中，实称上品"，甚至被认为差堪与宋代洪迈的《容斋随笔》比肩。其人又是晚清名家陈石遗最得意的弟子之一，诗工尤深，观赏杏花时，曾写下"绝艳似怜前度意，繁枝犹待后游人"这样意境深远的清词丽句，传诵一时。抗战军兴，身任国民政府行政院要员的黄秋岳却因"通敌罪"被处决，让不少人大跌眼镜。陈寅恪写诗感叹道"世乱佳人还作贼"，言下不胜唏嘘（节录自拙著《大汉开国谋士群》）。

《花随人圣庵摭忆》20世纪30年代曾在南京《中央周报》副刊《中央时事周报》连载，后由《学海》续刊，起讫于1934年至1937年间。1943年，黄氏友人瞿兑之为之刊行，"以纸张奇缺，只印一百部，特价标售"。初版印数奇少，流传不广，凡347则，并非全璧。20世纪60年代，香港龙门书店高伯雨据

1943 年初版影印。几年后,大华出版社补辑印行《花随人圣庵摭忆补篇》,凡 84 则。1978 年,台北九思出版社影印出版全书。

1949 年后,该书在大陆有 4 种印本,我都收全了。

1983 年 10 月,上海古籍书店以瞿印本为底本,"从其他本子上补入缺少部分,予以影印出版。原书记事都不标题,为了便于读者检索,特请人将全书另编'条目',标明页码,附录于后"。此版改正了原书部分错误,印数 8000 册。

这个本子,承注注兄惠赠。它的特点是:重,大,拙。

1998 年 8 月,上海书店出版社(即原上海古籍书店)因"时隔多年,脱销已久",将《花随人圣庵摭忆》编入《民国史料笔记丛刊》,重新印刷出版,"为减轻读者负担起见,特据原版缩印",印数 3000 册。

这个本子,1999 年元月购于深圳博雅艺术公司。其排印拥挤,字小伤目。

1999 年 1 月,山西古籍出版社"参考上海古籍书店 1983 年的影印本,尽可能改正了原书中的一些错讹",改用现在通行的标点符号,"另给每则记事加了序号和标题",简体横排(上、下册),列为《民国笔记小说大观》第四辑的一种,印数 3000 册。

这个本子,今年夏天购于孔网。谭伯牛曾酷评曰:"一个辽教,一个晋古,都属于好刻古书而古书亡的典型案例。"套用迅翁句式，谑而近虐。虽然不是无的放矢，但客观地说，多一种版式，起码没有坏处。

2008年7月，中华书局新出了简体横排本《花随人圣庵摭忆》（上、中、下册），作为《近代史料笔记丛刊》之一种，印数4000册。整理者李吉奎在向上列版本"充分汲纳""允宜言谢"后写道：

"此次整理主要有五个方面。一、对上列二版标题，除援用外，分别予以调整或重拟。二、对内文校勘，作订正或增补。三、对段落偏长或完全不分段各篇，适当分段。四、原书各篇所提及人物，概未使用原名，而分别使用字、号、斋名、里籍或谥号，为一般读者所不易晓，本版为此稍作注释。所有各项注释，均附于页下。五、个别字予以径改，以适通行。"

这个本子，上月购于罗湖书城。大抵说来，疏朗轻便，后出转工，是迄今为止最好的一种版本。

记忆碎片
——关于萧红、《呼兰河传》和《落红萧萧》

1

百年以还,中国最好的东北籍女作家,前有萧红,后有迟子建。

萧红的书,我最喜欢《呼兰河传》。

有人说,20世纪中国的中篇小说,以"两传一城"最为经典。两传,即萧红的《呼兰河传》,孙犁的《铁木前传》;一城,指沈从文的《边城》。

写萧红的书也很多。我印象最深的,当数刘慧心、松鹰合著的长篇小说《落红萧萧》。

2

最初知道萧红,应该是从小说《红岩》中,一看到,就记住了。当时刚十来岁吧,认识几个字,父母和姐姐们的书,找着就看，瘾头奇大。

银行职员、地下党员甫志高开了家书店，交给手下的青年工人陈松林打理。一个头发长长、脸色苍白、衣衫破旧、举止寒碜的青年，常来看书，间或也买一点。有一次，他买了本《萧红小传》，发感慨说：萧红是中国有数的女作家，是鲁迅先生一手培养的，可惜生不逢辰，年纪轻轻就被万恶的社会夺去了生命。

陈松林大受感动，认为这个名叫郑克昌的青年值得关注，引为同类，想发展他入党，却险些吃了大亏——其实，那厮是个伪装进步的军统特务。

3

接下来，先看到鲁迅的《萧红作〈生死场〉序》，那是一篇要言不烦笔力千钧的名文。迅翁写道：

这自然还不过是略图，叙事和写景，胜于人物的描写，然而北方人民的对于生的坚强，对于死的挣扎，却往往已经力透纸背；女性作者的细致的观察和越轨的笔致，又增加了不少明丽和新鲜。精神是健全的，就是深恶文艺和功利有关的人，如果看起来，他不幸得很，他也难免不能毫无所得。

随后，才读到《生死场》，和萧红若干其他著作。

顺便说一句，怀念鲁迅的文章，车载斗量，我以为写得最好的，出自迅翁当年偏爱的两位青年作家的手笔——萧红的《回忆鲁迅先生》，徐梵澄的《星花旧影》。

4

孙犁晚年，曾用罕见的饱含深情的笔墨写道：

> 鲁迅是真正的一代文宗。"人谁不爱先生？"是徐懋庸写给鲁迅的那封著名信中的一句话，我一直记得。这是30年代，青年人的一种心声。
>
> 书，一经鲁迅作序，便不胫而走；文章，一经他入选，便有了定评，能进文学史；名字，一在他著作中出现，不管声誉好坏，便万古长存。鲁门，是真正的龙门。上溯下延，几个时代，找不到能与他比肩的人。梁启超、章太炎、胡适，都不行。

耕堂又说：萧红是带着《生死场》的手稿，去见鲁迅的。这些话，大有深意，值得反复吟味。

5

1983年，我读到了新出的长篇《落红萧萧》，很喜欢。推荐给母亲看,她一口气读完了。她爱惜萧红,也很喜欢这本写萧红的小说。

一年多后,母亲病逝。我挑了几种她爱看的书,放入棺木相伴。现当代小说,有《青春之歌》《晋阳秋》,还有《落红萧萧》。

6

2005年,我开始写作。年底,开敲《百年五牛图之四:关于陈寅恪》,其中一段写道:

1999年大约是春天,梁某特意去了一趟广州。主要目的有二:到银河公墓凭吊萧红,到中山大学瞻仰陈寅恪旧居。

在陈先生故居,绕室彷徨,心事浩茫。不由想起何士光的中篇小说《青砖的楼房》里面的句子:

"要是很早很早的时候,就有人预先地告诉你,说你后来能有的日子不过只有这样的一条远远的楼廊,那你会怎样想?那时你还愿不愿意再望前走?"

那是一个美丽的春日。春草芊芊,燕子呢喃,阳光暖洋洋的,微风中略带一丝薄寒。

人去楼空,旧游飞燕能说。

整整20年后,2019年初冬,我重复了当年的两个举动。

在萧红墓地，想起聂绀弩的诗句：

> 浅水湾前千顷浪，
> 五羊城外四山风。

7

我正在编撰的多卷本《清晰与模糊的背影：百年文人》，破例选了一首诗——戴望舒的《萧红墓畔口占》：

> 走六小时寂寞的长途，
> 到你头边放一束红山茶，
> 我等待着，长夜漫漫，
> 你却卧听着海涛闲话。

1944.11

8

1961年3月，夏志清的力作《中国现代小说史》由美国耶鲁大学出版社初版。十年后，又推出增订二版。列专章论述的作家有：鲁迅、茅盾、老舍、沈从文、张天翼、巴金、吴组缃、张爱玲、钱锺书、师陀。夏志清未提到《呼兰河传》。关于萧红，

也仅有寥寥数语:

萧军(亦名田军,1908年生)、萧红(1911—1942)抵达上海后,同鲁迅极为亲近。鲁迅也斥资为他们出书写序。萧红的长篇《生死场》写东北农村,极具真实感,艺术成就比萧军的长篇《八月的乡村》高。

1979年9月,《中国现代小说史》港版中译本面世。夏志清在"中译本序"中特别补充说明:

抗战期间大后方出版的文学作品和文学期刊我当年能在哥大看到的,比起二三十年代的作品来,实在少得可怜。(别的图书馆收藏的也不多,但我如能去斯坦福的胡佛图书馆走一遭,供我参阅的资料当然可以多不少。)四五年前我生平第一次有系统地读了萧红的作品,真认为我书里未把《生死场》《呼兰河传》加以评论,实是最不可宽恕的疏忽。

三十多年后,他又这样说到萧红和《呼兰河传》:

《中国现代小说史》未提萧红,因为我当年尚未读到过她的作品。后来我在中译本《原作者序》里对自己的疏忽大表后悔,并在另一篇文章里对《呼兰河传》予以最高的评价:"我相信萧红的书,将成为此后世世代代都有人阅读的经典之作。"

9

迟子建有次坐飞机旅行,邻座是一位干净体面的青年。他不无所事事,不玩电脑,不听耳机,也不翻报刊,兀自静静地读书。迟子建有点好奇。及至终于看清他读的什么书时,她不能保持淡定了:万米高空上,青年手中,正是萧红的《呼兰河传》。

她克制不住好奇心,破例主动搭讪:为什么喜欢看这种书呢?

青年回答:这个世界,太过喧嚣热闹,我更愿意读点冷清寂寞的文字。

迟子建听闻此言,甚是感动,泪珠盈睫。

这个故事也感动了我。时隔多年,仍能记住梗概。

10

2011年初,机缘巧合,我出高价,在长沙买到一本1947年6月寰星书店初版《呼兰河传》。内容包括:著者遗像、萧红小传(骆宾基撰)、序(茅盾撰)、正文。

此书原由望城一中一位高中老语文教师收藏,书中夹有一张"上海旧书店门市发票",时间是 1964 年 4 月 23 日。

老人去世后,晚辈对文艺无感,开始售卖旧藏,我方得以入手。

有次在尚书吧,带给陈子善过目。据他说,那是他见过的该书品相最好的一本。

11

2018 年,在电视上看到许鞍华的电影《黄金时代》,汤唯饰萧红,郝蕾饰丁玲。若有所思。

翻出《落红萧萧》,又看了一遍。检索了一通,那么多年,时光流逝,花开花落,此书仍只有当年四川人民出版社旧版行世。

该出个新版了。它配。

当年年底,经朱晓剑协助,我与作者之一松鹰顺利接上头。他的写作,早已转向,却念念不忘壮年时这部呕心沥血之作。

12

2019 年 6 月 7 日,端午节,我从上海飞成都。松鹰当晚为我接风,一见如故,一拍即合。

随后,《落红萧萧》新版,正式排上日程。我们商定,除将原书真实人物姓名尽量改回本名或常用笔名（如聂长弓改为聂绀弩，司马少白改为端木蕻良，罗铮改为骆宾基）外，一仍其旧。

尤为令人开心的是，"九〇"后的责编，很喜欢这本书，看得感动、入迷，工作积极、认真。

钱锺书说："东海西海，心理攸同；南学北学，道术未裂。"看来，好的书籍，经受得住地域、时间和不同读者群的综合考验。

新版即将出炉，松鹰兄坚持要我写篇序。辞不获已，遂在岭南冬日的艳阳下，敲下这篇拉杂的文字，聊以塞责。

2020年12月29日，夏历庚子冬月十五，

写定于深圳天海楼。

（本文为天津人民出版社2020年10月出版的刘慧心、松鹰著长篇小说《落红萧萧》序言。）

黄裳和他的《故人书简》

我最初接触黄裳的文字，早在20世纪80年代前半段，一见就很对胃口。垂30年，迄今不曾厌倦，算是一个难得的异数。8年前，开始尝试从网上购书，随后渐成习惯。试水的前两单，便是黄裳的《来燕榭读书记》与孙犁的《耕堂劫后十种》。

黄裳的文章，好看，耐看。他的著译我大抵都有，有的读过多遍。同辈作家，汪曾祺不如他博学，孙犁有点偏狭，张中行太过枯槁，金克木略嫌虚飘。尤为难得的是，居然未见此翁老来才退，当得上一句宝刀不老。特别偏爱他的书话和游记。这类篇什，事关历史、人物和山川，时空跨度大，知识含量高，信息丰富，现场感强。时而典雅飘逸，生动传神；时而雄浑苍凉，凌厉劲拔。笔端常带感情，又每每节制有度，感染力很强，读之齿颊生香。

2011年，我受邀主持《海豚文存》，想到的首批作者，便有黄裳。那年，恰好沈昌文、钟叔河、朱正年届八秩，我和俞晓群商定，第一辑出"三老集"，为这三位身世坎坷事功非凡的

卷二 读书知人

前辈庆寿。一度想拉黄裳加盟,但他是1919年生人,比三老要大出一轮,可算是前辈的前辈,与本辑书的编纂宗旨,未尽切合。于是决定纳入第三辑,提前出版,参加次年8月上海书展。俞晓群和王为松届时将联袂举办"两海文库"座谈会,邀我参加。好久没到上海了,顺道拜访黄裳,当面致意,可借此偿还多年夙愿;而奉上他的新书,当然是上佳的见面礼。那就去吧。我没见过黄裳,也没与他通过电话和邮件。听说他为人木讷,不善言谈,也从不上网,更兼年事已高,听力不佳。故此,牵线搭桥、签订合同及确认选目等具体事务,均由俞晓群、李忠孝、陆灏诸兄代劳。借此一并致谢。

我反复考量,亲自操刀,编了一册《故人书简》。这是我编选的第一种单本书。选文计25篇,都是作者回忆和阐释半个多世纪以来与张元济、柳诒徵、郑振铎、叶圣陶、俞平伯、沈从文、吴晗、师陀、钱锺书、董桥、黄永玉、汪曾祺等现当代文化名流的过从与交往,涉及若干重要作品的写作背景及表里秘辛,间杂少许评论,语淡情深,言近旨远,颇有文献价值,又极具可读性。还有一大特色是,几乎每篇都包含一封至数封书信,胜义纷披,耐人寻味。单是追忆汪曾祺的,即有4篇,梁某特别喜欢,反复研读,爱不释手。这些文章,既有意思,又有趣,堪称黄裳泛书话类作品中的翘楚,而且此前不曾专门结集。

当年年底即已编定。董小染协助过录并打印出全部书稿。一切进展顺利。发排前我问忠孝,黄裳的书通常都有序跋,是否已经写好?他说,老爷子生病住过一次医院,健康状况大不如前,已无力提笔。

如约去了上海。可惜人算不如天算,《故人书简》封面设计被晓群否了,须另起炉灶,未能赶上书展档期。

2012年8月21日下午4时许,沪上陆公子陪我到陕西南路153号三楼看望黄裳。这是我第一次也是最后一次见到来燕榭主人。他已缠绵病榻,艰于起坐。看着室内琳琅满目的书籍和窗外婆娑的树影,一时百感交集。陆灏说,那棵声名远播的大树其实是槐树,并非榆树。

9月5日,正在拉萨喝晚茶。上海方面忽然传来消息:黄裳先生当日因心肺衰竭在瑞金医院逝世,享年93岁。虽然并不意外,但心头仍然凝重、难过。几天后,晓群说,拟加紧推出《故人书简》,问我是不是写点什么,作为代序或代跋。我说,人在旅途,天苍野茫,暂时顾不上。

9月19日午后,在北京百万庄大街海豚出版社,拿到刚从印厂新鲜出炉的《故人书简》。布面精装,大方朴素,印制相当精美。早不如巧,此之谓欤?摩挲翻阅,临风怀想。这本应是作者生前最后一本书,结果却成为他身后面世的第一本书。看版权页,出版时间仍作8月,未予更改。也许,书和人的命运一样,都有定数?

在我看来,黄裳是一个博览群书别有会心的读者,一个交游驳杂阅尽世相下笔如有神的记者,一个腹笥丰厚精通版本目

卷二
读书知人

录的学者,一个热爱且善于写作、创作力异常旺盛的作者,一个有主见、有定力、有现实情怀、狷介而不失可爱的长者。他的部分佳作,具有恒久价值。

转眼半年多过去,《故人书简》即将出平装本。责无旁贷,忙中偷闲,撰此小文,略述与黄裳和他的《故人书简》之因缘,兼寓对逝者的怀念。

叶扬曾发问:

常常在想:一代文人墨客随风而逝之后,如何再去追寻他们当年的憧憬与梦想,他们日常生活里的喜怒哀乐,他们一生中的雪泥鸿爪、流风余韵?

我的答案是:读他们的书。

2013年5月30日凌晨,于深圳天海楼。
6月22日改定。

(本文为《故人书简》平装本之"编著后记"。《故人书简》,黄裳著,梁由之编,海豚出版社2012年9月推出精装本,定价29.50元;2013年8月又出版平装本,定价22.80元。)

关于汪曾祺

邂 逅

1983年大约是秋天,一名中学生模样的少年独自在湖北黄石长江大堤边溜达。候船室熙来攘往,热闹非凡。大门右侧,一个卖旧书刊的地摊吸引了他的目光。少年先挑了两本书,再翻阅杂志。不经意间,他读到这样一段话:

她挎着一篮子荸荠回去了,在柔软的田埂上留了一串脚印。明海看着她的脚印,傻了。五个小小的趾头,脚掌平平的,脚跟细细的,脚弓部分缺了一块。明海身上有一种从来没有过的感觉,他觉得心里痒痒的。这一串美丽的脚印把小和尚的心搞乱了。

……

少年面对的是文字而非脚印,心倒是没乱,却也傻了。这厮眼睛发亮脸面发胀呼吸加快心跳加速——他从未见过如此美妙不可方物、如此清新俊逸动人心弦的文字。回翻过去，他记住了作者和小说的篇名：汪曾祺，《受戒》。

这是一次美好的、终生难忘的邂逅。

亲爱的朋友，您可能已经猜到，那个少年，便是梁某。那本被我破例珍藏至今的旧杂志，则是1980年第12期《小说月报》。

机　缘

时光飞逝，阅读、出版、社会和生活都发生了全方位、天翻地覆的变化。我早已（基本）不看现当代文学作品，汪老亦墓木已拱。而我对其人其文的兴趣和爱好，一如既往，宛如初觌，甚至与日俱增。

拜网络时代所赐，我搜罗齐备了所有汪曾祺生前自编文集。最早入手的1987年漓江社初版《汪曾祺自选集》，更是一直带在身边，放置案头，看得滚瓜烂熟，早已破旧不堪。后来，又在网店出了高价，分别购得品相良好的初版平装本和精装本（仅印450册），予以珍藏。秋夕春晨，霁月清风，翻阅摩挲，其乐融融，虽南面王不易也。

2012年，又是一个秋天，我在北京结识了汪老哲嗣汪朗兄，痛饮快谈，一见如故。随后，与他的两个妹妹汪明、汪朝也有了交往。

机缘巧合,我这时意外成为一位文化和出版界的票友。那么,何不按自己的意愿和构想,为汪老的作品做一些事呢?潜伏心头多年的念想,破土而出,蠢蠢欲动。

心动不如行动。我将汪著分为三大类,做了三年准备,然后开始操作。由2015年底率先面世的商务印书馆精装新版《汪曾祺自选集》发端,已出版九本,还有多本待出。所谓三大类,其一是作者生前自编文集,其二是新编文集,其三是一套迄今最为全面、精粹的汪氏选集,我亲自操刀编选——果实便是现在呈现在您眼前的这一套中信出版社六卷精装本《汪曾祺文存》。这是一项项千头万绪艰难繁重却又赏心悦目可遇不可求的工作。从吾所好,幸甚至哉。至此,我完成了从汪曾祺著作读者到出版人的转换。

那么,在我心目中,汪老究竟是怎样一个人呢?

瞧,这个人

汪曾祺,江苏高邮人,1920年3月5日(夏历庚申元宵,肖猴)出生于一个富裕的乡绅兼中医家庭,是秦少游的乡党。其父汪菊生性情温和,多才多艺,富有生活情趣,对他影响很大。

抗战军兴,家乡沦陷。汪曾祺流落到云南昆明,入读西南

卷二 读书知人

联大中文系,师从闻一多、沈从文等,并开始文学创作。与高邮一样,昆明就此成为他永恒的写作背景和精神上的故乡。他不是一个循规蹈矩的学生,上课的时间,远没有泡茶馆、看闲书的时间多,却出手不凡,写下若干充满存在主义色彩的短篇小说、散文和新诗,深受业师沈从文的赏识和喜爱。1949年4月,巴金主持的文化生活出版社出版了汪曾祺的第一个短篇小说集《邂逅集》,他借此搭上末班车,跻身"民国作家"之列。此后,在北京做杂志编辑。除间或写了几篇小玩意,长期搁笔。

丁酉之难,汪曾祺算是漏网之鱼,侥幸逃脱。但好景不长,第二年就被补划为右派,罪证是小字报《惶惑》。他说:"我愿意是个疯子,可以不感觉自己的痛苦。"这句话令有关领导深恶痛绝。即便这类文字,汪氏在结尾也用诗一般的语言写道:"我爱我的国家,并且也爱党,否则我就会坐到树下去抽烟,去看天上的云。"

二十余年成一梦,此身虽在堪惊。晚年回顾右派生涯,老头没有咬牙切齿呼天抢地,只是淡淡地说:幸亏划了右派,要不,我本来平淡的一生就更加平淡啦(大意)——这就是汪曾祺。

他丢了工作,没了房子,从此被家人戏称为"寄居蟹",被发配到张家口农业科学研究所劳动改造。摘帽后,经老同学援引,到北京京剧院任编剧。他写了《王昭君》等三个传统剧本,还参加了几个京剧现代戏的创作,是《沙家浜》和《杜鹃山》的主要编剧。这位被"控制使用"的"摘帽右派",还风光过一把,上了一回天安门。仍在受难的老友黄裳以此被人警告:不要翘尾巴!

回到北京后,汪曾祺还写了《羊舍一夕》等三个儿童题材的短篇小说,拢共四万余字,后来凑成戋戋小册《羊舍的夜晚》,1963年1月由中国少年儿童出版社推出。封面和插图,都是他请老友黄永玉刻的木刻,书名则自行题写。这是他的第二本书。俗话说得好:拳不离手,曲不离口。汪曾祺算是重操旧业,赓续上了写作生涯。他对同在难中、促成此书出版的作家萧也牧一直心存感激。

花甲之岁,禹域春回地暖。时势的变化,家乡的来客,林斤澜、邓友梅等友人的敦促……时来天地皆同力,各种因素综合发酵,汪曾祺压抑积蓄了多年的才情和能量突然爆发,佳作迭出,好评如潮,为当代中国文坛奉献出《异秉》《受戒》《岁寒三友》《大淖记事》《徒》《职业》等一批清奇洗练醇厚隽永的杰作,并以此当之无愧地晋身20世纪中国最优秀作家前列。

最后十年,汪老创作重心和风格又有明显变化:改写《聊斋志异》;多写随笔;偶写短篇,也是越来越短,越来越直白……

除写作外,汪曾祺能写会画,是既能吃也能动手做更能写的大名鼎鼎的美食家,嗜烟,好酒,喜茶。晚年因健康原因,一度戒酒,萎靡不振。

1997年4月,汪老应邀参加了四川的一个笔会。对索求字画的各色人等,他一视同仁,有求必应。兴之所至,"常常忘乎所以"(汪朝语),忙到深夜,累得够呛。又破了酒戒,大喝五粮液,过足酒瘾。回京后,打算接着参加太湖的一个笔会,机票都订好了。夫人施松卿当时精神已经很衰弱,冥冥之中似有预感,一反常态,坚决不让他去。正争执不下,5月11日晚,尚未成行,汪曾祺突然消化道大出血,当即被救护车送至友谊医院。16日,汪老病逝,享年七十七岁。据说,他留给世界的最后一句话是:"哎,出院后第一件事,就是喝他一杯晶明透亮的龙井茶!"

天若有情亦老,人难再得为佳。

妙处难与君说

汪老晚年,常常念叨:我还可以活几年。我还可以写几年。我可能长寿……颇为在意生死之事。这是老年人的常态。他走得很突然,未能留下更多更好的作品。不曾亲承謦欬,曾让我在相当长的一段时间内感觉憾恨。

终于有一天,我想明白了,释然了:人生不满百,人总是要死的,就是活上一百岁,又怎样呢?汪曾祺一生,活得实在,干得漂亮,走得潇洒。还要怎样呢?还能怎样呢?一位"文章圣手"(贾平凹语),一介高邮酒徒,未及病愈喝上龙井茶,未及老态龙钟,没让自己体验临终的万般痛楚,没给家人留下任何负累,当断则断,说走就走——这何尝不是最好的永别方式?

汪曾祺已在北京福田公墓安眠近二十年。长留人间的,是他约两百万字的作品。《汪曾祺文存》则搜集了其中的泰半与精华。

书画萧萧余宿墨,文章淡淡忆儿时。文如其人,于汪老起码可谓差之不远。为人为文,我最欣赏他的就是:随便。他成为我最偏爱的当代作家,其来有自。我喜欢他一以贯之的真诚朴素,惊叹他观察描述平民百姓和生活细节的温馨细致,佩服他下笔如有神的不羁才气。庸常岁月读汪,是爱好,也是习惯,更是享受。他写人物,写地方风情,写花鸟虫鱼,写吃喝,写山水,写掌故……惯于淡淡着墨,却又有那么一股说不清道不明、回甘独特的韵味。汪著给我带来的阅读快感和审美情趣,历久弥深,挥之不去。何立伟兄以为:"汪先生的文字魅力,于当时,于现在,我以为尚无出其右者。"吾心戚戚,深以为然。

汪曾祺说:人家写过,我就决不这样写。又意有所指地说:我对一切伟大的东西总有点格格不入。他自认:我不是大家,算是名家吧。坦言:我所追求的不是深刻,而是和谐。他呼吁:"让画眉自由地唱它自己的歌吧!"他期待:自己的写作"有益于世道人心""人间送小温"。性情的温和与骄傲,对生活的随意与用心,对民族传统的继承与对西方文化的吸收,写作态度的无可无不可与不离不弃,文字的典雅考究与接地气,无处不在的悲悯与一种不可遏止的生命的内在的欢乐,在他的身上和笔下得到奇妙的融合与统一，浑然无间。他的语感，他的文字，是当代汉语文学的最高结晶。

如果您想阅读更具质地，生活更加美好，那么，选择读汪，当为上策。跟汪曾祺交个朋友吧。至于他的作品究竟具有怎样出类拔萃不同凡响的特质与魅力，纵有万管玲珑笔，难写瞿塘两岸山；悠然心会，妙处难与君说。还请读者诸君自行体验吧。

汪老仙逝，倏忽廿载。他曾写道：

很多人都死了。(《桥边小说三篇》)

很多歌消失了。
……
墓草萋萋，落照昏黄，歌声犹在，斯人邈矣。(《徙》)

赵宗浚第一次认识了王静仪。他发现了她在沉重的生活负担下仍然完好的抒情气质，端庄的仪表下面隐藏着的对诗意的、浪漫主义的幸福的热情的，甚至有些野性的向往。他明明白白知道：他的追求是无望的，他第一次苦涩地感觉到：什么是庸俗。(《星期天》)

笃——笃笃，秦老吉还是挑着担子卖馄饨。
真格的，谁来继承他的这副古典的，南宋时期的，楠木的

馄饨担子呢?(《三姊妹出嫁》)

菌子已经没有了,但是菌子的气味留在空气里。风流不见秦淮海,寂寞人间五百年。要等多久,才会再出现这么一位可爱的老头儿,才能再看到如此精妙神奇的文字呢?

> 2017 年 3 月 16 日凌晨初稿。
> 5 月 16 日,夏历丁酉立夏后十一天,
> 时值汪曾祺先生逝世 20 周年纪念日,改定于深圳天海楼。

(本文为中信出版社 2017 年 5 月出版的六卷本《汪曾祺文存》前记,发表时有删节。)

卷二
读书知人

关于《羊舍的夜晚》

一

据汪曾祺先生的子女汪朗、汪明、汪朝统计，老头儿一辈子，自行编定或经他认可由别人编选的集子，拢共出了 27 种。严格一点，不妨将前者称为"汪曾祺自编文集"。

自编文集，文体比较单纯：基本都是短篇小说、散文和随笔，偶有一点新、旧体诗，还有一本文论集，一本人物小传。时间跨度，却大得出奇：第一本跟第二本，隔了 10 余年；第二本跟第三本，又隔了差不多 20 年；第一本小说集《邂逅集》跟第一本散文集《蒲桥集》，更是隔了整整 40 年。……谁实为之，孰令致之？说来话长，不说也罢。汪先生享年 77 岁，1987 年之前的 66 年，他仅出了 4 本书。汪氏曾自我检讨说：我写得太少了！

1987 年始，汪老进入生命的最后 10 年。这 10 年，就数量而论，是他创作的高峰期，占平生作品泰半。同时，也是出书的高峰期。除 1990、1991 年两年是空白外，每年都有新书面世。

1993、1995 年，更是臻于顶峰，合计接近两位数。这固然反映了汪先生的作品受到各方热烈欢迎乃至追捧，但也不可避免地导致若干集子重复的篇什较多——这似乎是一个悖论，并非个别现象。

我曾写道：

无缘亲炙汪曾祺先生，梁某引为毕生憾事。他的作品，是我的至爱。读汪 30 余年，兀自兴味盎然，爱不释手。深感欣慰的是，吾道不孤，在文学市场急剧萎缩的时代大背景下，汪老的作品却是个难得的异数，各种新旧选本层出不穷，汪粉越来越多。在平淡浮躁的日常生活中，沾溉一点真诚朴素的优雅、诗意和美感，大约是心灵的内在需求吧。

那么，有无必要与可能，出版一套比较系统、完整、真实的"汪曾祺自编文集"，提供给市场和读者呢？答案是肯定的。

汪老去世已逾 21 年，自编文集旧版市面上早已不见踪影，一书难求。倒也间或出过几种新版，但东零西碎，不成气候。个别相对整齐些的，内容却肆意增删，力度颇大，抽换少则几篇，多则达到 10 余篇甚至 20 多篇，旧名新书，面目全非，是一种名不副实不伦不类的奇葩版本。我一直认为，既然是作者自编文集，他人就不要、不必且不能擅改。至于集子本身的缺憾，任何版本，皆在所难免，读者各凭所好就好。

本系列新版均据汪老当年亲自编定的版本排印，书名、序跋、篇目、原注，一仍其旧，原汁原味。只对个别明显的舛误予以订正。加印时作者所写的序跋，均作为附录。这套货真价实如假包换的《汪曾祺自编文集》，相信自有其独特的价值和生命力。

二

1961年11月25日，汪曾祺写成短篇小说《羊舍一夕》——这是他12年来的第一篇小说。次年6月，《人民文学》在显著位置刊发。《羊舍一夕》写的是农科所几个十来岁的孩子平凡健康的生活，基调乐观向上，虽然不是重大题材，但与主旋律不违和，同时又保留和展现了汪曾祺写作的鲜明个人特质。其间，这位下放到张家口农业科学研究所劳动改造3年的"摘帽右派"终于回到北京，任北京京剧团编剧，与妻儿团圆，名誉和处境得到改善。此后，他又写了《王全》《看水》两个小短篇。

1963年1月，中国少年儿童出版社推出拢共才4万来字的戋戋小册《羊舍的夜晚》，收入上述三个短篇——这是汪曾祺的第二本书。距离他的处女集《邂逅集》出版，已足足13年有余。俗话说，拳不离手，曲不离口。汪氏总算借此重操旧业，赓续上了写作生涯。他对同在难中、促成此书面世的作家萧也牧一直心存感激，后来曾一再提起。至于他的第三本书，19年后，才得以出版。这恐怕又是汪曾祺始料未及的。世事难料。

本书虽小，意义不同寻常。印制也颇为精致：书名，系汪曾祺自己用毛笔书写。封面，四分之三是深蓝色，天地浑然，弯月当空，下面是低矮的羊舍，窗户透出灯光和暖色。内页，还有几幅精美的插图——封面和插图，都是木刻，出自黄永玉手笔。汪文黄画，珠联璧合。两位年轻时的好友、不世出的天才，不经意间，留给了人间一份珍稀难得的共同作品。

还有一点，值得一提。这本小书，稿费给得很高："一千字二十二元。最高标准。和郭沫若、老舍一样。"怎么会这样呢？作者本人不解之余，不无得意。

这将近800元稿费，从该书出版直到20世纪80年代初期，差不多整整20年，成为汪家唯一一笔大额存款，一直不曾动用，以备不时之需。动荡之时，惶惑之际，汪曾祺和施松卿每想到这笔钱，心里顿时会踏实许多。

新版据中国少年儿童出版社1963年1月版印制。

> 2018年12月5日，戊戌大雪前两日，
> 记于深圳天海楼。

（本文为上海三联书店2019年4月出版的《汪曾祺自编文集》之《羊舍的夜晚》的新版前记。）

卷二
读书知人

关于《百年曾祺》

日征月迈，岁月如流。转眼一瞬间，享年77岁的汪曾祺先生，去世快23年了。生前，作为作家的汪老，段位极高却相对小众，年届花甲，机缘巧合才情迸发，10余年间，写出了平生泰半作品，"人间送小温"。如此而已。

改革开放以来，社会发展变迁风驰电掣，沧海桑田。热闹喧嚣的文学市场，则大幅度急剧萎缩。曾几何时，当年远比他名气大地位高的若干作家，早已门清灶冷无人问津。而汪曾祺和他的作品，经过时间和市场的双重淘洗，一反常态，常读常新，受欢迎的范围与程度，反倒与日俱增。他的读者群，源源不断沿沿荡荡越来越多谱系驳杂，洵为难得的异数。舒群曾说：在生时，作品多以作家的命运为命运；而在死后若干年，作家却以作品的命运为命运。旨哉斯言。

汪曾祺出生于1920年3月5日，适逢农历元宵节。2020年3月5日，将迎来汪先生百年冥诞。自20世纪80年代迄今，我一直是汪老作品的忠实读者。近几年，进而成为出版界的票友，汪曾祺著作的策划、推广者和出版人。

我正在编撰的重点书籍，有一套多卷本大部头，名为《清晰或模糊的背影——百年文人》（暂名）。除手头既有的相关书刊外，又专门搜购阅读了大量已故知名作家、学者的纪念文集。受益之余，不免私下叹息：一世文豪，声名显赫，繁花过眼，风流云散，这类书籍，往往选文芜杂，良莠不齐，成本低廉，印刷粗糙；没有书号、印数极少的家属或家乡自印本，亦不罕见。堪称文章精粹、印制精良、广为流布，能与逝者平生功业相称的公开出版物，委实寥若晨星。

当即发愿：汪曾祺先生百年诞辰之际，一定要编选出版一本有模有样的纪念文集，缅怀逝者，分飨同好，以为永念。随后，开始预做准备，承担起这项自认为兼具现实价值和历史意义的工作。历时经年，终告竣工。其果实，便是呈示在您面前的这本厚朴俊朗的《百年曾祺：1920—2020》。

本书近30万字，全方位展示了几代人从不同时段、层面、角度对汪老其人其书的解读、分析和议论，精彩纷呈，饶有意趣。同时，也为汪曾祺研究提供了一份不可多得的文本。所选文章，文质并重，务必言之有物。内容广泛，举凡生平、故乡、家庭、师友、性情、爱好、阅读、创作、小说、散文、诗歌、戏剧、饮食、烟酒、书画、旅行、早中晚期、书缘人缘……都有涉及。尽量在充分覆盖的同时，又突出重点。同时，确保局部与整体之间的丰富、驳杂、饱满和平衡。因篇幅所限及其他原因，部分文章予以存目。

得正文62篇，存目16篇。按时间，跨度超过70年。按地域，作者遍布东南西北中，远及海外。按辈分，有好几代人。按身份，千差万别百无禁忌。按内容，近乎包罗齐整应有尽有。至于文本价值、史料价值和可读性，还是等待读者评判。

部分作者，写过多篇关于汪老的篇什，有的还出过专书（如陆建华、苏北、孙郁）。本书原则上，每人只选一篇。不计前言后记，唯有汪老多年好友、他重新开始写作并终于"总爆发"的重要推手、同时本身也是文章高手的林斤澜和邓友梅，各有两篇入选——不可替代，难以割舍。陆建华、郭娟两人，分别有一篇收入正文，一篇存目。入选文章，包括存目，能找出最初出处的，均予载明。找不到或没有把握的，则注明录自何处。

选文、分辑，花了不少心思，颇费斟酌。姑举一例：女作家那辑前4篇，宗璞、张抗抗、范小青、袁敏所写，都涉及汪老字画，情况各自不同，各有情味。王安忆、韩霭丽的两篇，分别写到江苏高邮、北京甘家口故居，各有侧重，各具感慨。文章都好看，耐看，见性情，见手眼，可对比着看，又自成一个小单元。凡此种种，不一而足。明眼人扫一眼便知，粗心人看了也未必明白，毋庸细说。

段春娟、金实秋、苏北、王彬彬等，先后编选或主编过汪曾祺纪念文集和研究论文集，为我遴选文章提供了不少便利。各位作者，都深爱汪氏其人其文，对《百年曾祺》，无不热心襄助,乐观其成。汪家三兄妹一如既往倾力支持,帮助良多。天津人民出版社、康瑞锋兄和领读文化传媒,做了大量认真细致的具体工作。借此一并致谢。遗珠之憾,在所难免,欢迎各位批评、补充。日后如有机会,当予采纳、修订。

刘基诗云:人生无百岁,百岁复如何?汪老百年,不该让老头儿感觉寂寞。能为之做点实事,颇感欣慰。

汪曾祺肯定很喜欢听歌,他经常写到歌声:

> 墓草萋萋,落照昏黄,歌声犹在,斯人邈矣。
> 让画眉自由地唱它自己的歌吧!
> 歌声还是那样悠扬,那样明朗。
> ……

我想,不妨把文风卓异识别度极高的汪老作品,视同清隽美妙宛如天籁的歌声。百年曾祺,歌声正酣。千载曾祺,歌声永存。

2019年12月31日初稿于深圳天海楼,
2020年1月7日,夏历己亥小寒后一日改定。

(本文为汪曾祺先生百年诞辰纪念文集《百年曾祺:1920—2020》后记。该书由梁由之编选,天津人民出版社2020年2月出版。)

卷二
读书知人

关于钟叔河

钟叔河先生是当代成就斐然的出版家和风格独具的散文家。他所编所写的诸多书籍,经受了岁月和市场的双重淘洗,长销不衰,广受好评,影响了一代又一代读者。钟叔河的写作与编辑思想,已成为一个研究课题,就梁某所见,以此为题的硕士论文,已有多篇。

早年,钟叔河任《新湖南报》(后改名为《湖南日报》)编辑、记者,曾与同事俞润泉、张志浩、朱正一起,被打成"思想落后小集团"。1957年,岁次丁酉,他26岁时,被划为右派,开除公职,自谋生计,由居民委员会监督改造,在长沙的街头巷尾引车卖浆,历10余年。夫人朱纯也是他的同事,同时遭此厄运。1970年早春,雪上加霜,他更因"现行反革命"罪被捕,次年被判刑10年,发配到茶陵洣江农场劳改,在监狱中度过了几乎整个壮年,直至1979年才平反出狱。

艰难而漫长的岁月,没能消磨钟叔河的意志和信念,没能让他中止阅读和思考。经老友朱正推荐,钟叔河入湖南人民出版社任编辑,开始策划出版《走向世界丛书》。这套书伴随改革开放的春风,厚积薄发,出手不凡,震烁当时,泽及后世。1984年,他出任岳麓书社总编辑,筚路蓝缕,标新立异,主持出版了一批在彼时堪称惊世骇俗的书籍,尤以曾国藩、周作人著作引人瞩目,并引发极大争议。1988年,调湖南省新闻出版局工作,淡出出版第一线。1996年离休之后,积习难除,笔耕不辍,编而又写,出书连连。编订作品,当推广西师范大学出版社14卷本《周作人散文全集》为荦荦大者。他自己的作品,先后结集为《走向世界——中国人考察西方的历史》《从东方到西方——走向世界丛书叙论集》《书前书后》《念楼学短》《笼中鸟集》《念楼序跋》《小西门集》《念楼小抄》等。钟叔河的文风,清新简洁,婉而多讽,绵里藏针,余味悠长,深受读者喜爱。钟先生一贯认为:"好编辑是编出来的,也是写出来的。"戏称编辑"要两支笔":蓝笔自娱,朱笔编文。他是这样说的,也是这样做的。

　　年近半百时,钟叔河半路出家,进入出版界。他实际做出版的时间,仅10来年。这10年取得的绩效和成就,有目共睹。他成为出版家,当仁不让。钟先生真正意义上的个人写作,亦与之同步,大抵都是在工作之余和离休后为之,一凭己好,集腋成裘。他成为散文家,实至名归。

　　晚年,这么一个"独具先知之明,颇有商业头脑,极有主见,极为抗上"(周实语)的人,这么一个"精神独立,思想自由,

卷二
读书知人

内心非常骄傲,行事外圆内方"(王平语)的人,这么一个"国内编辑出版界单兵作战能力及综合正面效应,罕有其匹"(梁由之语)的人,这么一个"精明,高明"(曾德明语)的人,常年宅在"长沙城北之念楼",冷静而不失热忱地打量着户外的大千世界,做着自己喜欢做的事,说些自己愿意说的话,很少下楼,更少外出,关切现实而又与滚滚红尘若即若离。这种存在现象,既有意思,又有趣,值得深入探究。

钟叔河还有一个鲜明的特点:精细。有过接触的人,几乎都会对他说话做事的精密细致,印象深刻。他的账本,记载详明。谁送书给他,他赠书给谁,时间地点,一目了然。《周作人散文全集》、新版《走向世界丛书》……得了多少稿费,都有详细记录。我翻过他的小本子,有些账目,精确到小数点后的两位数。或许可以说,正是此老这一特点,成就了本书。

读钟叔河的书,始于30年前。当面请益,则迟至2011年11月6日,一握投缘,相见恨晚。随后过从增多,了解渐深,越发投合。我发愿为这位经历坎坷事功非凡目光深邃性情幽默的前辈做点事,并得到他的全力支持。2012年6月,在长沙念楼,我意外发现,30多年来,但凡与钟先生有关的文字,他都剪存、复印下来,其持续、丰富、精彩、完备,出人意表。于是,编选《众说钟叔河》的念头,油然而生。

今年下半年,终于有机会腾出手来做这件事。为期数月,《众说钟叔河》宣告竣工,付梓在即。就选文范围而论,从

1981—2014年，跨时超过33年，备选文章达350余篇。主体由钟先生提供，编者增补了部分篇什。作者包括老、中、青三代人，既有闻名遐迩的学界名宿，亦有成绩昭彰的中年精英，也不乏初出茅庐的"八〇后"新锐。选文注重水准，又兼顾作者的普泛性和作品的覆盖面。初选剩160余篇。终选得117篇，近40万字。本书全方位展现了几代人从不同层面、角度对钟先生其人其书的解读、分析和议论，精彩纷呈，饶有意趣。同时，也为钟叔河研究提供了一份不可多得的文本。

全书分四辑。辑一"先行者并不孤独"，多为综合性文章，纵论钟叔河其人其书；或剑走偏锋，集中一件事情，一项话题，一次见面，一点印象。辑二"现代读书人的胸襟与眼界"，主要谈钟先生所编书籍。辑三"青灯有味忆当年"，偏重于钟先生自己的著作。辑四"温和的意义"，专收商榷、批评、讨论类文章，力图呈示全貌，保全"众说"况味及"百家争鸣"追求。各辑的标题，均出自该辑文章篇名，作者依次是向继东、钱理群、汪成法、李书磊。所收文章，大体按发表时间先后排序。谈论同一本书、同一话题的文字，收在一起，这样可以避免跳跃性过大，便于阅读和比较。绝大多数文章都在报刊及书籍中公开发表过，有几篇系作者自荐或读者推荐，个别篇目录自个人博客。每篇文章末尾，均注明了出处。基本都是照录原文，也有数篇收入本书时作过修订，都作了相应说明。除谷林、舒芜、臧克家三位老先生各有两篇入选外，每位作者均选文一篇。钟先生夫人及女儿的文章，遵从他的意见，收在辑一末尾。另在辑四，收入钟叔河三篇"箭垛"式文章，作为附录。

《众说钟叔河》由我和王平兄分进合击，共同编选。钟叔河先生为我们提供了许多帮助。出版统筹张万文兄是我的老朋友，他和责任编辑与编者反复磨合，对本书最终成型提出了若干专业而中肯的意见。借此一并致谢。

时光如流，不舍昼夜。在2014年岁杪敲这篇"后记"，无疑是一桩赏心乐事。我很遗憾，无缘亲炙汪曾祺先生。我又很幸运，成为钟叔河先生的忘年交。

2014年12月31日深夜初稿。

2015年2月3日，夏历甲午马年腊月十五凌晨改定。

（《众说钟叔河》，钱锺书、张中行、黄裳、朱正等著，梁由之、王平合编，华夏出版社、天地出版社2015年4月出版，定价58.00元。这是作者为该书撰写的后记。）

关于俞晓群

俞晓群兄《一个人的出版史》即将付梓,要我写篇序。辞不获已,只得勉为破例,硬着头皮应承下来。

机缘巧合,近年结识了一些出版界的朋友。其中,俞兄可谓是名气甚大、过从较多、了解稍深的一位。说到俞晓群,我常常想起我们共同的前辈钟叔河先生。

钟叔河当年心仪北京大学,拟学地理或考古。结果,尚久骖一声吆喝,不满18岁的他顿改初衷,立马报考了"新干班",就此成为一名记者、编辑。没想到的是,尚久骖也考取了"新干班"却并没去读,而是不远千里,奔赴新疆。两人从此分手,天各一方。尚久骖是周南女中学生,聪明活泼,比钟叔河小两三岁,他们的通信频率,"已经密到两三天一封"。此前,钟叔河"没有想过弄文字,更没有想到会在新闻出版界度过一生"。人到老年,钟先生蓦然回首,深感人生的道路充满了偶然性。

无独有偶,俞晓群成为出版人,亦非本愿。

1977年,21岁的俞晓群参加"文化大革命"后首届高考,成绩不错。他是理科生,第一志愿填报了吉林大学物理系核物理专业。分数够了,政审也没问题,不料体检时却阴差阳错,因高血压被"限制专业"。档案甩出来,被另一家高校"超志愿"调剂录取,念数学系。四年后毕业,他谢绝留校,也没随波逐流合情合理地去当中学老师,而是主动入职出版社,成为一名编辑。

"三十八年过去,弹指一挥间。"今天的俞晓群,是一位成就昭彰的出版人,一位术业有专攻的文化学者,一位广受欢迎的专栏作家。他早已熟悉并热爱出版这个行当,以此为终身志业。他喜欢并坚持阅读与写作,极为勤勉,果实累累。如此说来,似乎在相当程度上,俞兄知行合一,实现了自己的理想。求仁得仁,又何怨焉?

但我还是不免这样假设:如果"七七级"的俞晓群如愿以偿,他现在又会是副什么模样呢?一名政客?一个商贾?一位科学家?一介提前退休的酗酒者?……成败得失难言乎哉,姑不具论。而他终以出版人名世,究属事出偶然。

钟叔河认为:"好编辑是编出来的,也是写出来的。"戏称编辑"要两支笔":蓝笔自娱,朱笔编文。俞晓群对此深以为然,身体力行。他之所以在出版与写作两方面都卓有建树,其来有自。

老俞的工作轨迹很简单:1982—2002 年,他最初在辽宁人民出版社供职。后来,辽宁教育出版社挂牌,他是创社元老之一,从助理编辑、编辑、编辑部主任、副总编辑,一直做到社长兼总编辑。一步一个脚印,一手将一个不为人知的外省小社做大做强，成为令人瞩目的一方文化重镇，丛书纷至沓来，佳籍琳琅满目。当时的读书人，谁不知道辽教呢？榜样的力量是无穷的。教育社渐成气候，当从辽教开启端绪。接下来，河北教育、大象……百花齐放，春色满园，一时盛况空前，至今为人津津乐道。俞晓群将生命中最为健旺、最有激情、最具创造力的岁月献给了辽教。他与鼎盛时期的辽教，已融为一体，密不可分。

其间，还有两件事，颇值一说。一是他与刚刚退休余热旺盛的京都名宿沈昌文沈公接上头，开始长期合作，一起做了不少大项目、好项目。二是他请稿源充沛满腹珠玑的沪上陆公子陆灏出山，创办了别致另类风行一时的《万象》杂志，开辟了一条新路，结纳了一批新作者。

2003—2009年中，俞晓群升任出版集团副总经理，他想起父亲早年的庭训：人生在世，务必"狡兔三窟"。他挖掘的"三窟"，是出版、学术和写作。

学术方面，他的兴趣集中于中国古代数术研究。几年下来，老俞做了几厚本读书笔记，出版了这方面的第三本专著。写作方面，他有了空闲，文思泉涌，大写专栏，初尝了"专栏作家"的滋味，后来分别结集出版。

尤其重要的是，他趁此间隙，做了一件大事的预备工作。

俞晓群是个有心人，做事有长性。入行以来，他坚持写《生活日记》；1991年起，又开始写《编辑日志》；逐日连年，从不间断。他从1982—2002年的两种日记入手，"一面整理，一面搜集,一面做笔记,几年下来,竟然得到近百万字的资料积存",对21年出版生涯中林林总总蔚为大观的人物、书籍和事件,进行了一次全面深入的梳理、回顾与反思——这便是《一个人的出版史》一、二卷的雏形。

2009年夏秋间,俞晓群调到北京,出任海豚出版社社长。重回出版一线,是他念兹在兹的梦想。本来可以有更好、更大的平台,可惜世事难料,失之交臂。他只能退而求其次,先找到一个能够施展拳脚的地方,徐图进展。这时,读者市场、出版业态乃至整个国家的面貌,都发生了巨大的变化。当时的海豚社,出品极少,无声无息,罕为人知。重出江湖的老俞,面临重重困难。他能再造佳绩吗?不少人心里都打了个问号。

又几年过去,海豚社在出版界风生水起,逐渐有了声誉,影响越来越大。海豚版图书,除了花色和质地,印制水准更是秀出班行,得到了作者与读者的普遍认可。事实给出了答案:继辽教之后,俞晓群依托海豚这块有限的平台,做出了令人信服的成绩。前度刘郎,梅开二度,他人生的第二个高峰,不期而至。

国内知名出版人,升官晋级后主动重新回到出版第一线披荆斩棘从头再来的,就我目光所及,老俞当为罕见的特例。如果不是出于对文化、对出版、对书籍、对作者和读者的深度热爱,如果缺乏对自己能力和修为的高度自信,我想,俞晓群断然不会在年过半百之后,再做冯妇。他终于赓续旧梦,再创辉煌。

这几年,老俞工作越来越忙,专栏写作也越发勤奋,接连出了好几本集子。明年"九一三",他将迎来六十大寿。刻下,《一个人的出版史》修订完毕,出版机缘,瓜熟蒂落。合作伙伴,是我的老朋友兼小兄弟周青丰先生。青丰与我合力推出过《梦想与路径:1911—2011百年文萃》和中信出版社《梦路书系》,他的统筹和细节把握能力,令人放心。

我与老俞、青丰商定:全书分为三卷。今年8月,出版第一卷(1982—1996);明年元月,出版第二卷(1997—2002);明年8月,出版第三卷(2003—2015)。其中第三卷,尚待作者整理修订。与《新世纪万有文库》相关的文字,正由老六亲自操刀,独立成篇,将在《读库1503》刊出。明年初秋,三卷出齐,作为俞兄六十初度的礼物,可算适时应景,铢两悉称。

这部书稿,跨时长达30余年,真实连贯独一无二,凝聚展现了俞晓群多年来的成功与蹉跎、汗水与泪水、追求与挣扎、努力与无奈、光荣与梦想,从他一个人的成长记录,折射出整个出版行业乃至一个时代广阔深邃丰富复杂的面貌,兼以含蓄内敛余味深长的文笔,既有文本价值,亦不乏阅读快感。各类读者,尤其是新闻出版界从业者及有志于写作者,都不难从中汲取丰盈有益的养分。难怪见多识广的王充闾先生读过初稿后,不由慨叹:接触各类人物如此之多,人物的层次如此之高,文化热点如此之丰富,资料汇集如此之生动,实在太有意思了!

我与老俞交往了几年,成为无话不谈的朋友。每次他来深圳或我去北京，只要对方没外出，总要在一起喝酒、聊天。那么，我心目中的俞晓群，究竟是怎样一个人呢？

老江湖，真性情，会用人，能放手，有理想，有追求，有真爱，有干劲，有气魄，有度量，酒量大，酒品好。

喜欢读书、写作，真懂且爱文化。尤其善于组织大项目，打大战役。

举止从容，言谈淡定，身材魁梧，笑容可掬，像一尊佛。温文尔雅，彬彬有礼，网上应答甚至会给人"老好人"之类的错觉。其实，这厮曾经沧海，阅尽世相，外表温和且圆融，内心强大而骄傲。

重感情，与人为善。对前辈尊重体贴，对平辈推心置腹，对晚辈提掖关照。

有时摊子铺得过大，项目设置未尽精准。面皮薄，疑似有些许不达标的关系书稿滥竽充数。细节把握时或粗疏，编校环节有待进一步提升。对某"专栏作家"毕恭毕敬近乎顶礼膜拜，在我看来，此公也就能写点不着四六油滑有加的闲文，充其量介于二、三流之间而已。

……

胡言乱语，畅所欲言。老俞倘若以此认定梁某"不够知己"，也由他去，非我所计。

最后，我感觉，俞兄晓群，这位世人眼中的成功者，心境是寂寞的。他曾经说过，除了看稿写作、读书会友，他几乎没有别的兴趣爱好。只是在假日或周末的时候，眼花的时候，疲倦的时候，偶或孑然一身，来到燕山脚下，寻一处小亭，兀然静坐，独与青山相对。

2015年7月7日，夏历乙未羊年小暑，记于深圳天海楼。

（这是为俞晓群著三卷本《一个人的出版史》写的序言。上海三联书店于2015年9月、2016年6月和9月先后出版。）

卷二
读书知人

旁观余秋雨

古人说：名满天下，谤亦随之。这话应在余秋雨身上，实在是再适合不过。

1992年，《文化苦旅》横空出世。哇，散文还可以这么写？酷毙了，帅呆了。一时间，人们喜悦之情不可名状，对作者更是惊为天人。

掌声响起。余秋雨一下子由一个默默无闻研究戏剧的学者，一跃成为万众瞩目的"文化大师"兼畅销书作家，名利双收。端的爽歪歪也么哥。

余氏从此一发而不可收。每隔一段时间，总有新作问世，而且像迷信某种彩头一样，几乎清一色采用四字书名。虽然每况愈下之势彰明较著，但印数和动静却兀自老大不小，犹如一只熊市牛股，即便创出新高已然有心无力，却尚能勉强维持高位上的横盘震荡。

树大招风。对他的批评慢慢也多起来，尖锐起来。撮其要点，约有两端：

1. "文化大革命"期间有历史污点,是臭名昭著的"石一歌"御用写作小组的核心成员,屁股上有人中黄,不干不净,不清不白,务必反思、忏悔。

代表者为余杰。小余有两篇批判老余的长文:《余秋雨,你为何不忏悔》《我们有罪,我们忏悔》。火力猛烈,传诵一时。

2. 文史硬伤太多,肤浅浮躁,误人子弟。

代表者为金文明。金氏甚至出了一部专著《石破天惊逗秋雨》,专门找老余的茬。他考辨出余秋雨作品中的文史差错多达120余处,为此痛心疾首。

以上两方面的批评意见,其来有自,并不是人家无事生非。但我更多持保留态度,比较同情自感"被侮辱与损害"的秋雨先生。

原因何在?

其一,余秋雨被人指控为"'文革'余孽",实证不少。从习见的《南方周末》到几本评论他的书中均不难找到,毋庸一一列举。余氏则辩称他岂止比马俊仁冤,简直比金圣叹还冤,甚至比窦娥还冤。不惟屁股干净,就连脸上也是满光彩的。余强调自己本是"一直被造反派批判的人",受了不少磨难,政治上一贯正确。

除了一般性辩护,余秋雨有一个他自以为非常有力的反证。他说:"其实稍作常识推断就可以明白事情大概的,例如我是在上海经历整整三年'文革'大清查后担任高校领导干部的(指上海戏剧学院院长），……这样的情况可能是'"文革"余孽'吗？"他回应余杰时嗓门很大，底气很足，正气凛然，俨然一副"我非余孽我怕谁"的模样。

没想到半路杀出个程咬金：于光远出场了。此老曾参与中心密勿，德高望重。据他说，当时的清查工作实际上草草收兵，不了了之，很多存在种种问题的人结果并未遭到认真清算，蒙混过关的所在多有，有的还被委以重任。我相信于老的话。此于摆起老资格来，彼余就作声不得，只能受教惟谨。一个重要的护身符遂被轻松化解于无形。

但这并不是一个非此即彼的问题。不能证实余秋雨干净，并不等于说他一定就很脏。

依我看，余秋雨绝非大奸大恶之徒。相反，当年，他应该是一个对党和政府非常忠诚，对自己也很有信心，才华横溢、笔头出众、积极向上的好青年。现在，再怎么着，也不失为是一个有一定成就的知名作家，一个笑容可掬、遵纪守法、坚决与盗版集团作斗争的好公民吧？他容或说过错话，做过错事，写过令他后悔甚至讳莫如深的少作，但这都不算什么了不得的事情，更谈不上有何等罪恶。那是什么岁月，什么年代？整个国家、整个民族都如趋狂澜，如饮狂药。不就是为上峰所赏识，写过若干自己注定不会编入全集的文章吗？毛泽东说到周作人时，轻描淡写大度雍容：汉奸文人，又没有杀人放火，养起来让他译书吧。大节方面，余秋雨虽不无瑕疵，但断非如苦雨斋之不堪。对周，尚可"放爱一条生路"；对余，更应取"理解之同情"的态度，何苦"宜将剩勇追穷寇"，灭此朝食？至于忏悔，亦当出于本心自愿，不能、不必亦不应强求。

儿时爱读童话。长大成人后，忘了个七七八八。也有少数童话讲的故事与说的道理异常精彩，印象特别深刻，历久不忘——比如小马过河。

小马要过河。松鼠还是什么说，水深得不得了，不能过，否则会被淹死。老牛则说，水很浅，还没一腿深呢，倍儿轻松就过去啦。小马左右为难，莫衷一是。

小马最后还是试探着顺利过了河。它发现，河水既不像老牛说的那么浅，也不像松鼠说的那么深。

这相当接近我对余氏秋雨"文革"表现的看法。

其二，金文明的考辨是花了工夫费了心思的，也大多可以成立。不妨把金看成一种特别意义上的余粉。他毫无疑问是余门功臣。余著再版机会不少，如果余秋雨能虚怀若谷，礼贤下士，有金先生这样认真执着而文史功底较为扎实的伙计自愿做义务责编，可以减少很多错误，可以少丢很多人。这本该是两利俱存、皆大欢喜的好事。秋雨见不及此，窃为之惜。

但金文明再怎么来劲下神，充其量只能说明：余秋雨治学不够严谨，器量狭窄，知错不改。这又如何？致仕后的余氏，讲演讲课，著书旅游，左右逢源，优哉游哉。余氏兴许会在私下嘲骂金某：老杂毛，蚍蜉撼树，其奈我何？切！

就有那么一种人，无论是什么时势，都能够充当弄潮儿，与时俯仰，进退有度，总能把自己弄得妥妥帖帖，舒舒服服。此孟子所谓"圣之时者"也，非九段高手莫办。譬如明末大学士徐光启，近代大名士章士钊，当今"大师"余秋雨。这是一种非常功夫，你眼红也是白搭。有意思的是，上述三人，都与上海有着不解之缘。

远如苏轼，近如鲁迅，够大够牛了吧？他们的诗文中就没有错误？就只有一处两处？跟这些真正的大块头比，余秋雨又算得了什么东东？和尚摸得，我摸不得？他们能错，偏余先生错不得？天理何在？公道何存？再说，余某虽没牛到"绣口一吐就是半个盛唐"，可总算写下了一些花团锦簇的好文章，该是唐僧头上的虱子——明摆着的吧？试问当今之天下，究有几人能写出？出力的不讨好，游手好闲的却在一旁点点戳戳。我试图说服自己，为老余辩护。

那么，你喜欢余秋雨吗？我问自己。

答案却又是否定的。

什么原因呢？余秋雨的问题究竟出在哪里？想了想，大致有以下三点：

1. 太把自己当回事

李宗仁说：适之先生，爱惜羽毛。

李敖说：我要崇拜谁，就去照镜子。

这都是很有意思的说法。各尽其妙。

余秋雨呢？缺少自嘲品质，缺少娱乐精神，太把自己当根葱。

余秋雨开始走红于1992年前后。那是个相当微妙的非常时期，流行汪国真、《渴望》。小平南方谈话前夕，荆榛满目，万马齐喑。余秋雨独具只眼挑了块文学与历史的接合模糊地带大做文章，并拿出文化作为招牌说事，虽无历史学家的厚重笃实，却比作家更为虚飘灵动。结果，基本不涉及现实、具有一定文史内涵又不愧为美文的《文化苦旅》甫经问世，立刻受到方方面面的欢迎，大行其道，洛阳纸贵。余秋雨那时像现在一样小心翼翼，但无疑更为经心和投入。我相信，巨大的反响和丰厚的经济回报，不仅令出版社喜出望外，余秋雨本人也始料未及。成功就这样不期而至。

哇，你真牛！

是吗？

是的。又岂止是！你太牛了，牛得不得了，比牛还牛，甚至比梁由之所谓的"百年五牛"更牛！大师没商量！指导文化没商量！

哦，原来如此。

就这样，谨小慎微的学者余秋雨不见了，代之出现的是一个一脸甜熟而顾盼自雄的商儒。

卷二
读书知人

余秋雨说:"大地默默无言,只要来一两个有悟性的文人一站立,它封存久远的文化内涵也就能哗的一声奔泻而出。"这完全可以看作他的夫子自道。大有文起当代之衰舍我其谁的气派。

也许正是这种自我标榜和膨胀,才使得他死猪不怕烫,对一切批评——包括何满子、谢泳、李书磊、王彬彬、沙叶新、林贤治、樊百华、易中天等严肃认真有理有据的批评——一概勇敢坚定地说"不"。

秋雨散文,好。但充其量,又能好到哪里去?说到底,它只是特定时期的中间物与替代品而已。经过时间淘洗、已有定论的中外经典姑且不提,就拿当代中国散文作家而言,我看孙犁、汪曾祺、金克木、黄裳、余光中、易中天、王小波、刘小枫、张承志、钟鸣、史铁生、韩少功……诸人,无论思想抑或文采,起码都绝不在余秋雨之下。与余氏同处沪上、年岁相若、术业有专攻的两位著名学者朱学勤(主治思想史)和葛剑雄(主治历史地理及人口学),也都写得一手好散文,比余亦是不遑多让。但无论是谁,都没有余秋雨那么来事,那么煞有介事,那么吸引眼球。

平心而论,余著《文化苦旅》迄今仍然不失为散文集子中的上品。其他诸作,就等而下之了。我买过余秋雨两本集子,《文化苦旅》送给学医的外甥,《秋雨散文》自己留着。梁某买书有个习惯:每年年头,喜欢选购几种较有分量和特色的书籍,作为排头兵,以壮观瞻。某年元旦,选中浙江文艺出版社的三本书:《余光中散文》《秋雨散文》《黄裳散文》。余光中和黄裳的书都还在手边,时常翻动;余秋雨的却不知被塞到哪个角落去了。细心的读者不妨比照一下二余的名篇:《听听那冷雨》与《夜雨诗意》,意蕴、节奏、语感、襟怀……高下立判。从《山居笔记》到《借我一生》,我当然越来越不肯破费啦,由在书店随便翻翻渐至不屑一顾。

这年头有两件事体,让我很是开心:老是有朋友看过张艺谋的某部新片或是买了余秋雨的某本新书后,眉头紧锁,大呼上当,跑来找我交流或诉苦。在下总是像蒙娜丽莎一样,一脸坏笑,心中不免为自己的先见之明得意扬扬。关于老张,1997年极为勉强地看完《有话好好说》(可惜了述平那么好的一个中篇《晚报新闻》!据说老张要述平改来改去累计达70余万字,结果点金成铁,改成这等不入流的花颈乌龟。这不暴殄天物吗?)后,我断言他玩儿完了。从此,无论张艺谋玩什么花样,我都不睬这老哥,免费送票也坚决不看。关于老余,略见前述。《金光大道》曾经风靡天下,八个样板戏亦尝唱遍神州。固一世之雄也,却又如何?

迎合大众口味、缺乏精神内涵的东西,或可行销一时;而一旦民众口味发生变化,就必然会被市场无情抛弃。一度流行如余秋雨,新书销售渐趋滞重,是显而易见的,也是无可幸免的。

余秋雨之讳言"文化大革命",并为自己作些言不及义过犹不及的辩护,之拒谏饰非,死不认错,皆因此公过于自恋,太把自己当个人物。其实，心平气和一点，姿态高一点，把话说清楚讲明白，什么事也就一风吹了。于己于人，皆大欢喜。当然，如果出于精心策划，一切原来只不过是炒作的需要，就另当别论。这个时代，无奇不有，倒也说不定的。炒作，有热炒，亦有冷炒（比如封笔、复出之类），有正炒，亦有反炒（如金文明的书）。这倒与兵家之道暗合。孙子曰："凡战者，以正合，以奇胜。故善出奇者，无穷如天地，不竭如江河。"

作为民国第一支笔，百年中国最杰出的报人，张季鸾生前却连一本文集都没有。《季鸾文存》是他身后由至交胡政之等编辑出版的。季鸾先生曾对徐铸成说：我们的文章登在报纸上，上午大家看了，下午就拿去包花生米啦。这是何等胸怀。桃李不言，下自成蹊。

人谓1949年后大陆无大师。旨哉斯言。

2. 戏子情结

余秋雨学戏剧，教戏剧，研究戏剧，成名具有戏剧性。停妻再娶，新夫人居然也是一著名戏剧演员。由此可见，其人一辈子都与戏剧结下了不解之缘。

不知怎么回事，也许是习惯成自然吧，余秋雨给我的感觉，一颦一笑，一举一动，都像做戏。

据说，上海戏剧学院门槛特高，比清华、北大更难进。

据说，余夫人马兰很是厉害，不惟"美得惊动了中央"，而且更是亚洲第一美女。

据说，有"专谈识别真伪《秋雨散文》诀窍的书"。

据说，台湾有一本流行读物，叫《到绿光咖啡屋听巴赫读余秋雨》。

据说，对他的批评，都是"文化杀手"与"盗版集团"的合谋。

据说，各大电视台竭诚敦请他无数次，他才偶尔屈尊赏光应承次把。

据说，腹载文化手牵新人春风满面兴高采烈进行"千禧蜜旅"，完成"千年一叹"，需要常人不具有的胆识和勇气。看来，别提水均益，就是间丘露薇，恐怕都未必敢踏上旅程。余某面前，谁敢言勇？

……

这一切，不是别人，正是余君秋雨，"不经意"间告诉我们的。这是此君的惯常做派。

余秋雨一再告诉人们，他是多么清高脱俗，视大学校长如敝屣。

可是苏东坡分明说过：

渊明欲仕则仕，不以求之为嫌；欲隐则隐，不以去之为高……古今贤之，贵其真也。

经过权衡精算，对更好的选择有了确切把握，然后做出了取舍。如此而已。余秋雨不厌其烦地"以去之为高",未免见笑前贤。

梁某不直余氏秋雨,鄙其伪也。

3. 生活在别处

余秋雨是个很奇怪的作家。

他似乎与中华大地、与现实生活完全绝缘。他谈文化,谈历史,谈古迹,谈山水,林林总总,无所不谈;可偏偏几乎从不涉及时政、民主、自由、教育。他的东西,表面看充溢着人文关怀,细想起来,"却无一字一句能落到实处,无一字一句关乎当代中国人的痛痒。……余秋雨作为一个作家和学者,虽富有才华却缺乏人格魅力和道义力量"(王彬彬语)。读他的东西,只能"麻醉自己的灵魂,使我沉入于国民中,使我回到古代去"(鲁迅语)。他真正写得比较好、比较耐读的作品,如《老屋窗口》《信客》《酒公墓》《家住龙华》《上海人》《这里真安静》等,恰恰倒是离现实比较接近、返璞归真、文情俱胜的。这真是一种绝妙的反讽。

一句话:此公"生活在别处"(昆德拉语)。

别的且不说,这些年,教育格局变化如此之大,问题如此之多,态势如此之严重,曾经是学生、教授、大学校长的余秋雨绝不会心无所感,脑无所思。虽然生活在别处,凌空蹈虚,但毕竟还是凡人，还食人间烟火，毕竟有那么多报刊广电亲朋故旧。但余秋雨察言观色审时度势，紧守金口一言不发。

有网友说：知而不言是一种罪。如果认同这种说法，余秋雨真是罪莫大焉。

远离大众，忽视民瘼，帮忙帮闲，自得其乐，恐怕是知识分子余秋雨最大的问题。

鲁迅说：我以我血荐轩辕。

胡适引范仲淹话说：宁鸣而死，不默而生。

"五四"一代与"五四"精神渐行渐远。刻下，集团犬儒化的知识分子群体，颇合陈寅恪"退化论"之说，一代不如一代，一蟹不如一蟹。

2005年8月24日初稿。
2010年3月25日改定。

卷二
读书知人

略说韩少功

上午二姐陪恒子和烨烨过来，再次说起她想回老家买套房子，以后两头住。又问我意下如何。她去年炒房玩，有些斩获，用其中的一部分买了一台福特福克斯。现在信心爆棚，又玩上了股票。这不好，完全不适合。至于回去买房，应该说想法不错。不过，我倒是更想选择一个中意的地方去买块地，完全按自己的意思建一幢房子。可是，有这种必要吗？特别是在现在。我有点疑惑。

午后她们都走了，恒子是傍晚的飞机。我小睡一觉，起来后放了点音乐听，其中有萨克斯曲《回家》。

不由想起年初读过的《山南水北》和它的作者韩少功。少功现在就是这样：女儿韩寒已经出国留学，他和梁预立大姐每年一半时间住在海口，另一半时间则住在湖南汨罗乡间自建的小楼，晴耕雨读。青春岁月，他们曾在那儿插队落户。

韩少功是我一直关注的作家。好像还是红领巾时期，读村长《蓝旗》的同时，就读过四毛的《飞过蓝天》。

但我并不是很喜欢少功的小说。感觉这老哥理性太强,什么时候都是清醒的、自控的,文字缺乏飞扬跋扈与虚飘灵动,常常是理念大于形象。不过,《马桥词典》是个例外。这是一部少见的厚积薄发的杰作,1949年后大陆的长篇,能与之媲美的,窃认为只有徐兴业的《金瓯缺》、史铁生的《务虚笔记》等寥寥数部。而且,他的散文成就,并不逊于小说。

少功是可以干大事的人。他想的事情,做的事情,远远比他说出的多。我欣赏这种做派。我认为只要他愿意做,政治精英、商界大佬,乃至车间主任、农村村长、小学教师、搬运工人、表匠鞋匠等角色,他都能够胜任愉快,远非一个普通的码字匠这么简单。乱糟糟贱兮兮的文坛上,行货充斥,大多不难为人所看穿、看死。但老韩下一步能折腾出什么来,除了其本人,恐怕很少有人敢说心中有数。

少功还办过《海南纪实》杂志,发起过文学寻根运动,率先翻译过昆德拉(虽然我很不喜欢此公的作品)。潘军说得好,一个男人能做好这么多事情,也算不虚此生了。记得蒋子丹有篇写少功的文章相当生动到位。

至少韩少功究竟是信奉"霸业原如春梦短,文章常共大江流",还是正好相反,在心中喟叹"纵有文章惊海内,纸上沧桑而已",就非我所知了。

我向往乡村,但尚未厌倦都市。还是支持家姐先回去买套房吧。至于自己,且待某年某月的某一天,在一个月光如水的秋夜或是晓风和畅的春晨,扣响韩少功在汨罗乡间的柴扉后,再做决定不迟。

2007 年 10 月 13 日

附录:《韩少功评传》的三个细节

(孔见著,河南人民出版社 2008 年 4 月版)

一、《海南纪实》终于被停刊,同人唉声叹气极度沮丧。韩少功只淡淡说了句:"人家不让做,咱们就干点别的吧。"

杂志一夜之间忽然消失。其中几种,至今令我难忘。比如《东方纪事》、《文汇》月刊,当然还有图文并茂如日方中的《海南纪实》。

二、1982 年 7 月,韩少功毕业分配到湖南省工会干校工作。同窗四载,分手在即,同学们到韩家聚餐惜别,梁预立为他们准备了香辣可口的湘菜。去向不同,心情各异,但"同学友谊多甜蜜",大家异常兴奋,信誓旦旦,相约五年之后的这一天再次在此相聚。

五年很快过去,约定的日子到了,东道主心情忐忑地在家中守候。结果,同学中只有杨晓萍一人独自从南方千里迢迢风尘仆仆前来践约。韩少功、梁预立夫妇既失望又欣慰。

纳兰词:

一日心期千劫在,后身缘、恐结他生里。然诺重,君须记。

三、韩少功说:"人一辈子不能光做聪明的事,有时也要做些傻事。"

所言极是,心有戚戚。

日前有哥们儿说:"你放着手头几部抢手的书稿不去敲,却劳神费力去编什么劳什子'十年文萃',这不是犯傻,又是什么?"我笑嘻嘻地回答:"老兄,你就权当我做一次傻事好啦。"

2009 年 11 月 18 日

卷二
读书知人

老六和他的《读库》

第一次收到老六在天涯社区发给我的短信,是在 2005 年 9 月 13 日。这个日子比较特别,因此很容易就记住了。当时我正在敲《百年五牛图之五:关于林彪》,那天恰好完成其最后一部分。

这厮贱兮兮地说:"梁兄,敬佩你的话就不多说了,只想与你结识。我生于 1969 年,为纪念'九大',父母为我起名张立宪,与你大约是同龄人吧。麻烦给我个地址,以后有什么觉得可以双手奉上的,就寄给你。望能与你挂上钩。"后面一并附上了他的电话、博客和 MSN。

老实说,当时三天两头收到类似消息,有时一天就有好几拨。一向忙而又懒,也就没怎么往心里去。僻处岭表,孤陋寡闻,知道此公就是素有"京城文化名人"之称的老六,也是后来的事。过了两天,我例行公事漫不经心地作了一个回复,让他先自我介绍一下。

老六汇报:"我是学新闻出身,新闻出版都做过,原来在现代出版社任职，如今辞去公职，想做几本自己真正想做的书。同时筹备一本人文杂志，先生大才，想看你能否给写些东西。不过首先这本杂志须经过你的首肯，所以讨要你的地址，想等试刊号出来后，给你寄去，先听听你的意见。"

他这样阐述他的编辑理念：

《读库》瞄准的是那五十个人、一百个名字（经常出现在媒体的政治明星、学术明星和娱乐明星）之外的世界，陈词滥调、不咸不淡的文字之外的文字。绕开民国掌故、反右风雨、"文革"控诉等已被做得够多的主题，内容所涉，多是改革开放后中国的现在进行时。关于这方面的记忆，同样需要我们来打捞。

《读库》将集中在文化和传媒领域，留存这个时代忠实的记录者、悲壮的消失者和坚持者，并对那些真正打动我们内心的文艺作品做深入探究。

内容的几个关键词：

中篇读本。这是从篇幅上而言，短篇的东西，在网络和报刊上到处可见，长篇的东西，则可以出版单品种图书，《读库》纳入的则是网络和纸媒之间、短篇和长篇之间的那些文本。

非学术，非虚构。我对所谓学术有一种躲之惟恐不及的敬意和腹诽，……人生实在不需要那么多乏味而正确的道理，更没必要在所谓的学术架构中自说自话鸡同鸭讲，动辄普世价值终极目标。将这些躲开、抛开，《读库》将记录这个时代的人与

卷二
读书知人

事、细节与表情。

不计成本、不惜篇幅、不留遗憾。……将我们认为有价值的东西做足、做透。

约稿过程中，我说得最多的是：力度和硬度、阅读快感、把趣味落到实处，有写作欲望就写，没有也不要难为自己。我没有说出的话是：让我们认认真真、老老实实地干活，留下关于这个时代的文字标本。

有趣、有料、有种。

……

梁某是个俗人，对曾经很是亲近的国内几家主要的"人文杂志"，都日渐敬而远之。刻下大致每期都还翻翻的报刊，只剩下胡舒立的《财经》了。对老六的雄心壮志，姑妄听之，半信半疑。只是感觉这个人周到细致，蛮会说话。于是给他留了一个地址和电话。心想：你娃说得倒是头头是道娓娓动听，且看你做得如何，再作计较。

11月10日，收到试刊《读库0600》。新刊果然在老六宣扬的预产期内横空出世了。封面及开本大气、朴素、干净，内容丰富、深邃、耐看，30多万字、300余页的篇幅，图文并茂的形式，特意请蔡志忠画的藏书票……看上去还真算是有头有脸像模像样。说是一份杂志吧，从出版形态和质感上看，它却更像一本书。

有趣，有意思，是我衡量一切优秀书刊的两条标准。二者居其一，已属难得。如果兼而有之，那就是可遇而不可求了，《读库》似乎庶几近之。展读之后，居然有一种出乎意料的惊喜和愉悦。当今时势，非但有《读库》出生的充分理由，好自为之，将来广阔的发展空间也未可限量。看来，老六不光真有自己的想法，而且更有将这种想法付诸实践的行动能力，绝非那些个只会高谈阔论唾沫横飞的侃爷可比。我对此人刮目相看了，同时开始反省自己以前对待他的态度是否有失轻慢。

第二天，我主动致电老六，两人天南地北乱七八糟扯得很是投机，一气儿聊了一个多小时。他说：想用你的稿子。我说：一时兴起也就信手涂鸦了有数的几篇文章，都撂在天涯，你随便拿去用就是。末了，我觉得不对这位素昧平生的哥们儿表示一下支持和鼓励，实在有点过意不去，于是说：万事开头难，你以一个人的力量鼓捣一份全新的杂志，头绪之多，难度之大，可想而知，一定很不容易；偶然敲了几篇文章，本来就是玩票，先在这里表个态吧：稿费好说，可有可无，可多可少，可早给可迟给，都无所谓；如果需要帮助，尽管开口。老六说：你的友情像白云一样深远，你的关怀像透明的冰山；不过经济上的准备和预算早已经做好，稿费是一定要给的，而且会比一般报刊丰厚一点；印刷、出版各环节也都不成问题；现在所要求老兄和其他作者的，就是多多提供好稿。

卷二
读书知人

此后,我们间或通通电话,发发邮件,说说《读库》或者别的什么。有事则长,无事则短。他给我寄过几本书和一张碟,都是好货。2006年春寒料峭之际,《读库0601》哇哇降生,平安顺产。

2006年4月28日,获悉《一个人、一份报纸和一个时代》(即《百年五牛图之三:关于张季鸾》)将发于即出的《读库0602》。后来,同年第10期的《读书文摘》转载了这篇文章。

那是个美丽的春日上午,我正在新疆伊犁乌孙山下,准备驱车前往昭苏草原。雄鹰在蓝天下游弋,抬头可见巍峨晶莹的天山雪峰。眺望白云和冰山,心情宛如西域之西一碧如洗的万里晴空那般开朗和舒展。我想见一见这条人称老六大号张立宪网名(老)见招拆招说到做到不放空炮的汉子了。

5月1日由乌鲁木齐飞北京。第二天中午,老六约饭。我们单独在海淀一家餐馆二楼的包房里聊了整整一个下午,感觉很过瘾,但又都意犹未尽。我对老六有两点不满:中等身材,温和斯文,不是想象中魁梧彪悍慷慨激昂的燕赵壮士;写了那么多精微传神的足球文字,居然是一伪球迷。这怎么可以!

时光如流。转眼间,《读库》快满一岁了,它将进入07系列。

朱门杨柳转青春,九陌轻寒尚袭人。虽然极少听到老六抱怨和叫苦,但还是约略知道他和《读库》走得并不容易。0601切口不齐,0603有两个版本,出版社由同心换为新星,等等。前途光明,道路曲折。而且戴着镣铐跳舞怎样才算既不违规又有快感,有趣与有意思的文稿该以何种标准进行取舍,主编个人兴趣与市场客观需求之间的矛盾如何平衡……这些问题都有待老六自己在行进过程中切身感悟把握,梳理解决,调整提高。

侯德健说:谁也输不掉曾经付出过的爱。中国新闻史和出版史会记下老六和《读库》吗?

看着老六和他的《读库》一路走来,也希望并且相信他和《读库》会一路走去。朋友们和越来越多的读者也将各尽所能各取所需,伴随好人老六和好书《读库》一起走向风光旖旎的远方。最冷的日子已经过去,春天应该不会远了。

2007 年 2 月 14 日

望岳偏惊旧雁行
——送龙子仲兄远行

春光正好,心情也很欣豫。然而,天有不测风云。

11日午后,忽然收到邹湘侨短信,说龙子仲日前在桂林家中病逝。太突兀了,我久久不肯相信,甚至怀疑这只是子仲兄的一次"行为艺术"。但随后,从广西师范大学出版社、子仲本人和一些朋友的博客及其他途径陆续证实了这一消息。那么,子仲是真的走了,没顾上跟任何人打声招呼。

出版社的"讣告"中说:"我社优秀编辑、广西著名学者、出版家龙子仲先生(1963年11月生)于2011年2月10日因病不幸逝世。龙子仲先生为我社第一代创业者,全国优秀中青年编辑,曾策划编辑了许多优秀图书,为我社的发展做出了巨大的贡献。"

子仲、湘侨和我,都是20世纪60年代生人。虽然年龄仅相差几岁,但湘侨一直师事子仲,两人的关系,介于师友之间。他们是亲密的朋友和同事,也是我的合作伙伴。《百年五牛图》在天涯连载伊始,子仲即予以关注并推荐湘侨追看。终篇后,那么多做出版的朋友想出，都废然而止，其中艰辛，局外人难以想象。正是看了子仲兄对林彪篇的修改意见后，我才决定将书交给他们做。事实证明，我没看错人。龙子仲和邹湘侨克服重重困难，合力将之付梓。后来，我在《百年五牛图说》中写道：

2008年11月，《百年五牛图》由广西师范大学出版社付梓面世。……据我所知，除何林夏社长亲自操刀删除了陈寅恪篇一条诗注外，其余全部原文照排。策划编辑龙子仲、责任编辑邹湘侨不惮烦难，为此做出了极可感佩的努力。

2009年重阳节，客居京华，白天登香山赏红叶，入夜依约去万圣书园喝咖啡。刘苏里问及："由之，你那两本书（梁按：指2008年间先后出版的《大汉开国谋士群》和《百年五牛图》）受欢迎的程度，我颇有耳闻，感兴趣的出版社很多嘛，为什么最终给了地理位置和市场化都不算太好的辽宁人民和广西师大桂林本部呢？"我笑着说："艾明秋背后是俞晓群，邹湘侨背后是龙子仲。"苏里兄连连点头："难怪，难怪。"

龙子仲学养深厚，兼通中西，且具抽象思维能力。这厮浑融而通透，他对重大问题和具体事务的见解，我不以为然的，少之又少。他率真本色，绝无矫饰。他也关心时事，常有独具只眼机巧百出的妙论，让人会心一笑。我时或光顾他的博客（菠萝喵：http://blog.sina.com.cn/u/1464342801，只是潜水，从不露面。

他于天海楼亦复如此),所获不菲,哈哈大笑的时候也所在多有。梁某一直认为,幽默是一种优良的、与生俱来的能力与品质。在社会危机重重、现实波诡云谲、情感虚无缥缈、观念光怪陆离的刻下,渊博、通透、本色、诙谐,有料、有种、有趣如子仲者,稀缺而珍贵,宛若凤毛麟角。我和他都以为痛饮快谈的机会将会很多,没想到,今生今世,竟缘悭一面。曹孟德诗云:对酒当歌,人生几何?譬如朝露,去日苦多。我回电湘侨兄时特别强调,今年一定要一起喝顿酒。

子仲特立独行,颇具魏晋风骨。据说,他是广西师大出版社唯一无须坐班的编辑,又从不使用手机。朋友们要联系他,唯有通过邮件。他与陆灏同庚,迄今单身独居。除了工作和旅行,偶尔与朋友们欢聚,更多的时候,他愿意与这个世界保持距离,静静地读书、听歌和思考。这个也很对我的胃口。

苏格拉底说过:"分手的时候到了。我去死,你们活着。谁的去路好,只有神知道。"毛主席也说:"人总是要死的。"子仲是有大智慧、大悲悯的人,早已参透生死。我不愿自作多情,喋喋不休,但"此别成终古,从兹绝绪言",物伤其类,兔死狐悲,仍然感到一种彻骨的失落和悲伤。1997年之后,这似乎是仅有的。

命若琴弦,美好而又脆弱。今天,2011年2月13日,恰巧是另一位朋友的生日,深圳难得地下起了小雨。而在山水甲天下的桂林,龙子仲灰飞烟灭。我点燃一支烟,翻阅子仲签赠的大作《怀揣毒药,冲入人群——读〈野草〉札记》,重读他的诗文,百感如潮,心事浩茫。谨借《庄子》中的一段话,送子仲兄远行:

君其涉于江而浮于海,望之而不见其崖,愈往而不知其所穷。送君者皆自崖而反,君自此远矣!

2011 年 2 月 13 日

(原载《你的生命宽广而绵长——纪念龙子仲》,广西师范大学出版社 2012 年 6 月版。本文篇名源自子仲一首七律遗作,原诗如下:豀尔思君岁正忙,天涯肯拟小强梁。扶幢遽散新霜鬓,望岳偏惊旧雁行。能把一麾空碧落,聊将百事覆苍茫。骊歌半阕人零涕,莫教风尘染绿裳。)

卷二
读书知人

只有爱是不会忘记的

那年元旦,松寄了一张明信片给我,上面有他自己写的一首七言古风。末两句是:且任风云经天过,整衣敛容迎新年。挚友的祝福和勖勉使我得到莫大的安慰,深切感受到隆冬中的春温。当时,母亲病重,我的心绪极为烦闷愁苦。

松1997年11月24日晚突然在天津自舍。获知噩耗后,我第一个想到的就是打电话给雪。雪后来受困于万恶的肺癌,2005年夏天不幸去世。松和雪,我最聪明、最漂亮、最投契的两个好友,在如日方中风华正茂的锦瑟华年,先后离开了这个人世。

几天后,母亲病逝。满屋的亲友泪如雨下,一片哭声。唯有上幼儿园中班的瑜儿少不晓事,可能是从来没有见过这种场面,觉得那么多大人泪流满面大放悲声挺好玩吧,小家伙居然笑了!瑜儿"傻巴崽"的绰号,其来有自,记不清是不是恒子取的。至于芊芊,那时还没出生呢。

母亲去世,让心如涌泉意如飘风天马行空翩翩少年的我蒙受了沉重打击，从此初识人间愁苦无依的滋味。当时，我搜集了大量与母爱和亲情有关的文字，以求稍得慰藉。印象最深的，是秋竞雄和毛润之的挽联，还有龚定庵的诗和徐兴业的文字。

秋瑾挽母联：

树欲宁而风不静，子欲养而亲不待，奉母百年何足？哀哉数朝卧病，何意撒手竟长逝，只享春秋六二；

爱我国矣志未酬，育我身矣恩未报，愧儿七尺微躯！幸也他日流芳，应是慈容无再见，难寻瑶岛三千。

毛泽东挽母联：

疾革尚呼儿，无限关怀，万端遗恨皆须补；
长生新学佛，不能往世，一掬笑容何处寻？

闭门夜读定庵诗集，看到"癸秋以前为一天，癸秋以后为一天。天亦无母之日月，地亦无母之山川……"，抛书长叹，心如刀绞。我想，母亲不幸早逝，无论如何，我的人生都是不完满的了。

徐兴业先生在其不朽杰作《金瓯缺》临近末尾时写道：

有谁守在垂死的亲人床边，坐听那催人的柝声一更更地敲过去，油干灯尽，灯光忽然一亮，那是它死亡前的最后挣扎，然后慢慢地暗下去，直到完全熄灭。扑火的飞蛾失去了对象，在黑暗中没头没脑地乱扑乱飞，发出嘶嘶的振翅声。病人延续了多时的不均匀的残喘忽然停止，他以为死亡已经来到，急忙另找个火点上，仔细看看，她的双颧仍是火烧般地通红，呼吸声又重新开始。这样死亡与复苏一次次地交替着，把黑夜慢慢地磨完了。

没有经过这样的漫漫的长夜，就不足以语人生。

多年以后，适逢亡母忌日。心有所感，信笔涂鸦了一首小诗：

羁旅岭南久未还，故园草木总相关。
灯前侍母情犹昨，忽违慈颜十四年。

哀哀父母，生我劬劳。这也是十来年之前的事了。

几年前，买了新房，接父亲过来长住。但老人家自在惯了，又爱抽烟，没过多久，他坚持要住到旧房去，与当时尚未成家、借住在那儿的埥子做伴。恭敬不如从命，也只好随他的意。我每周买点东西送过去，陪他吃一两顿饭。

后来，二姐接父亲去她家小住。一天晚上冲凉时，不慎摔了一跤，股骨骨折。我当即赶过去，送父亲到医院做了一次全面检查。父亲身为名医，年将八旬，身体一直很好，没有任何器质性病变。只是毕竟年事已高,医生建议采用保守疗法。我们都同意了。

父亲坚决要住回旧房。我和二姐、三姐商量后,认为这样也好,就从家乡请了一个干净能干的阿姨,专门负责照顾父亲的生活起居,做长久之计,并做好了一应安排。当时我们想,父亲多活上三几年,或无问题。

父亲喜欢吃肥妹烧鹅,喝金威啤酒。一天傍晚,我回家时特意买了两斤烧鹅一箱啤酒,送给父亲。父亲精神不错,喝了半瓶啤酒,吃了好几块烧鹅,说话也有劲。当时觉得很是安慰。

但父亲的食欲始终没能恢复到伤前的水准,人也日渐委顿下去。他头脑仍然很清醒,提前对后事做了交代和安排。我永远不会忘记父亲看我时的眼神,那是一种厚重如山的父爱。请医生来看,说是油干灯熄的征候,基本上没什么法子。

我又买了些烧鹅。这次,父亲一块也没有吃。

这天晚上,我踱到小区会所的水池边,看着孤星冷月和流云,坐了很久,想了很多,破例抽了半包烟。我这时才平静而痛切地感觉到,父亲即将离我而去了。

父亲走得很安详。火化当日,深圳地铁一号线开通。再过几天,就是新年元旦了。

三姐交给我父亲的两个存折。其中一个是历年我给父亲的零花钱,他用专折存了下来,压根没用。

第二年清明节,我们一大家奉送老父遗骨归葬故里,远在天津滨海新区的四弟也专程赶回。亲友和有关部门为父亲举行了隆重的追悼会。我自撰一联：

春回故里，吾父已乘黄鹤去；
梦绕家山，哀思远逐白云飞。

办好父母合葬事宜，并当即修建好墓园，植好柏树。又选用当地最好的石材作为墓碑，自撰一联刻于碑的两侧：

白云孤飞，海阔天空展鹏翼；
青山不老，风和日暖沐春晖。

严格地说，平仄对仗都有点问题，愧对前贤。顾不得仔细推敲，情真时促，就这样吧。

父母已经入土为安。瑜儿工作、生活一切顺利，工作三数年间，先后有了房子、车子、孩子，前程似锦。芊芊将取得双学位，并以优异成绩保送读研，年内将参加托福考试，基本也无须我多操心。其他亲友也都平安吉顺。哀乐中年，我终于可以聚精会神做好自己的事情了。

多年以前，曾去一间学校看望一个曾经亲近后来疏远了的同学琼。再次重逢时，她告诉我，我走后，她流了泪，一遍又一遍地放风靡一时的流行歌曲《只有爱是不会忘记的》听。朱晓琳唱道：白帆飘荡在大海里 / 小鸟翻飞在蓝天里 / 溪水奔流在群山里 / 花儿开放在春天里 / 世上有着万般情意 / 只有爱是永远的 / 人间有着万般情意 / 只有爱是不会忘记的。

……

近日忙于俗务，事杂心浮，不想敲字。偶然看了书话两位知名网友写的情真意切的记叙哀悼亲友的文字，思前想后，别有感焉，就随手敲下了这篇拉杂的文字。

确实，只有爱是不会忘记的。

2008 年 1 月 11 日

卷二
读书知人

《大汉开国谋士群》小引

　　从小倾心军旅之事，对刀光剑影、逐鹿中原、运筹帷幄、决胜千里，一直心慕手追，无限神往。又一向喜欢乱翻书，尤其对军政、历史读物及人物传记，更是情有独钟。20世纪80年代前期，先后读到温功义的《三案始末》和黄仁宇的《万历十五年》，惊为天人，叹为观止，一连几天念兹在兹，吃不好饭，睡不好觉。倏忽廿载，时移景迁，已非惨绿少年时，网上冲浪也早就成为时尚。但这两本小书，兀自是我床头案上的常备书籍，常读常新。坦率地说，在当今铺天盖地的历史写作热潮中，尽管姹紫嫣红各擅胜场，却似乎并无什么重量级的作品能够后出转工，给我带来类似的惊艳和阅读快感。

　　2005年中，几个非常偶然的因素凑在一起，机缘巧合，我开始在天涯社区敲发一点文字。克尔凯郭尔说过：如果非说不可，那么现在就说。没想到的是，就此一发而不可收。而这些文章所产生的影响和受欢迎的程度，亦远非始料所及。《红尘冷眼》《风雨江山》《百年五牛图》……一个个系列应运而生纷至沓来，倒也使我这个局外人多多少少体味到些微京城文化名人老六津津乐道的所谓"写作的快感"。

2006年10月19日，是鲁迅逝世70周年纪念日。就在这天，敲毕《关于鲁迅》全文，《百年五牛图》系列全部5篇文章得以了账。我长长呼了一口气，如释重负。稍后，去长三角转了一圈。在上海，特意到虹口公园的鲁迅墓和山阴路的鲁迅故居看了看。这对于我，无异于是一次仪式的完成。此后一段时间，将会与鲁迅相对疏离一点，暂时也不想再写现代史方面的玩意。我打算将眼光和笔墨向前投放一番，换一种玩法。

于是便轮到《谋士群研究》了。计划中的这一系列，是个"三部曲"，包括《大汉开国谋士群》《三国谋士群》和《大唐开国谋士群》。我认为这是三个特殊的历史时期，值得花些力气好生写写。敲"谋士群"系列玩，大致有两层目的：表层是过把瘾——纸上谈兵的瘾。熟悉的朋友都清楚，我对军人军事的兴趣，其实远在文人文事之上。正当壮岁，忽焉盛世已至，形势比人强，夫复何言。看来，只能满足于纸上谈兵了。深层目的则是，为日后开敲我真正想写的东西——《精神与肉身：我的1997》，先找找感觉，练练笔。

写什么是一个问题，怎么写又是一个问题。

胡适说："历史家须要有两种必不可少的能力：一是精密的功力，一是高远的想象。没有精密的功力，不能做搜求和评判史料的功夫；没有高远的想象力，不能构造历史的系统。"又说：

卷二
读书知人

"史学有两方面,一方面是科学的,重在史料的搜集与整理;一方面是艺术的,重在史实的叙述与解释。"

张荫麟写道:"史学应为科学欤?抑艺术欤?曰:兼之。……理想之历史须具二条件:(1)正确充备之资料;(2)忠实之艺术的表现。"

根据我的理解,两位先生说的其实是一个意思。简而言之就是说,历史读物应该做到:1.可信;2.好看。

对本书的内容、视角、结构、语感和叙事策略,我有自己的一些考量。

内容方面,在充分拥有史料的基础上,整理爬梳,去伪存真,甄别分析,自成体系,成一家之言。基本史实力求坚实可靠,尽量减少硬伤,坚决拒绝"戏说"。对《史记》和历代学者的相关研究成果,多有借重;但在衡人论事的具体立场、观点与方法上,则一凭己好,以我为主,不迷信盲从任何前贤。

关于视角,我选取了兴汉集团的6位主要谋士,作为本书主人公和切入面。

从结构和叙事策略上,也许可以说,我执意选择了一种最不省力的写法:全文是比较特殊的长篇结构,是一个密切的整体,布局行文务必统筹兼顾,首尾照应,环环相扣,大开大合,而又可以各自独立成篇。既集中突出重点,又适当顾及全面。写这种长篇,就像建造一栋房子,工程竣工后,细部与整体的韵味才能够充分展现出来。当然,"即时快感"也很重要。如果以人物或事件为中心一篇篇拉杂随意写出,当然省事得多,但似乎没多少意思。窃以为这样写才比较具有挑战性,比较有趣。

语感是很有意思的话题。清新俊逸,流畅好看,当属基本要求。行云流水,随物赋形,则是苏东坡、曹雪芹这等天才卓绝的顶尖高手才具有的手段与本事。梁某何人,自惭而已。至于大汉开国人和事,本来就是斑斓多姿,雅俗并存,自然不宜用一种平板的调子一叙到底。我担心的倒是该俗时俗不下去,当雅处又雅不起来。偶有插科打诨信手拈来的闲笔,主要也是为了增加文章的生动性和可读性。

《大汉开国谋士群》不是小说,不是"历史大散文",也不是传统意义上的评传之类。我有意把它写成了这么一个非驴非马、不三不四的东东。在表现形式上,求新求变,不拘一格,争取写出若干新意和亮点。至于究竟做得如何,尚有待于市场和时间的双重检验。

这是我的第一部长篇。历时经年,终于顺利完成,即将付梓。在此,对与有功焉的各位亲友一并致谢。

欣慰之余,却也不无困惑。为什么写作?怎样的写作才算是真正有意义的呢?顾炎武的说法是:"其必古人之所未及就,后世之不可无,而后为之,庶乎其传也与?"他举例说:"宋人书如司马温公《资治通鉴》,马贵与《文献通考》,皆以一生精力成之,遂为后世不可无之书,而其中小有舛漏,尚亦不免。若后人之书愈多而愈舛漏,愈速而愈不传,所以然者,其视成书太易,而急于求名故也。"而加缪的话更加言简意赅干脆利落:"我只知道谈论我所经历过的事情。"

当然我也记得另一个西方作家的名言:"写下就是永恒。"也许,不必太在意。

所有作品,都是作者和他的读者共同完成的。我完成了属于自己的一半任务。另外的一半,就拜托与此书有缘的读者诸君了。

2007 年 12 月 20 日初稿。
2008 年 4 月 26 日改定于深圳天海楼。

(原载《大汉开国谋士群》,梁由之著,辽宁人民出版社 2008 年 6 月 1 版 1 印,定价 29.80 元。)

《从凤凰到长汀》自序

读书与旅行是我的两大爱好。或曰：俺也喜欢读书，只是成天忙碌于养家糊口的工作和没完没了的家务，哪有那份时间啊？窃以为这道策问不免似是而非。

解决生存压力、拥有正常生活条件后，如果你基本不看电视，不发、不回（不妨收）手机短信，少做家务（大不了请个钟点工），只偶或打点牌，听听音乐，尽量减少不必要的应酬和饭局，难道还会抱怨没工夫读书？若能再压缩移用一些上网时间，少玩或不玩游戏和微博，不用 QQ 及 MSN 在线聊天，那无疑就更宽裕了。一件事情符合兴趣形成习惯当作享受乐在其中——譬如读书这么好的事情，你居然说没时间去做，那可真是咄咄怪事。

为什么要旅行？为什么选择某段辰光？为什么是这儿不是那儿？为什么是你而不是他？诗人陆游低吟：远游无处不消魂。歌者崔健高唱：我要从南走到北，我还要从白走到黑。沈胜衣兄说得更是恳挚具体：

卷二
读书知人

虽然……有很多地方还没到过，但它们已不能单纯以景观吸引我去旅游了，我更在意的还是"人"：那里从前有什么敬仰的人，值得追踪寻迹；现实中有什么欣赏的人，值得看望相聚；旅伴中有什么相知的人，值得同行比肩——至少要有其中一种，才使我感到愉快。

存在的意义常常在于主动性逸出常规，在于未来的某种不确定性及新鲜感。人，事，风景，日子，皆然。而人在旅途，是享受与众不同的人生之最佳方式之一。

那么，为什么要写作呢？似乎不外先天的兴趣加后天的机缘。本书事关旅行和读书，它本身亦是读书和旅行的衍生品。还是说说其来由吧。

网络深刻改变了世界和人生。2005年夏天，机缘巧合，我开始在天涯社区闲闲书话、煮酒论史和关天茶舍三大版块同时发帖，兴致勃勃。第一次见网友，是当年深秋，在江西赣州。

到火车站接我的并非有"红区中的老白军"之称的东道主左民山人，而是与我相向而行来自北京而稍早抵达的注注和五岳散人。这样，他们成为我最早结识的两位网友。

严格地说，我是被注注兄忽悠去的。这厮说 melzhou、愚人、沈胜衣……都会来，群贤毕至，值得期待。结果那些家伙一个都没到。

在赣州待了两天。此前十年间曾来过两次，看望一位发小，风景旧曾谙。一干人等又到崇义阳岭小住，那厢山深林密，空气极佳，乡居风味，别具一格。美中不足的是天气已凉，路过陡水湖而未能下去游泳。

远道而来的胖子们意犹未尽。经梁某倡议，三人结伴去了一趟距赣州近四小时车程的福建长汀。黄永玉曾转述路易·艾黎的话说：中国有两个最美的小城，一个是湖南凤凰，一个是福建长汀。

回深圳后，利用敲《百年五牛图》张季鸾篇与陈寅恪篇之间的空隙，断断续续花了约一周时间，写成《从凤凰到长汀》，亦即《风雨江山》系列的首篇。这是此行意外的，也是最大的收获。没有第三次赣州之行，就不会有这篇文章。次年4月去新疆前开敲、5月回深圳后始克完成的《从井冈山到九疑山》，记述的是2002年间的事，也是从赣州出发的。这两篇文字，情景交融，从容舒展，又包含切身的经历与情感，当时即得到很多朋友的喜爱与鼓励。梁某亦敝帚自珍，比较偏爱。闲闲书话的众多网友，尤其是当时相继担任版主的辛夷坞和夏虫语冰钦，对它们的顺利竣工亦有贡献，借此一并致谢。

卷一和卷二，便是这两篇旅行随笔，亦可称之为游记。

有心的读者当会注意到，这两篇长文，篇名类似，体例、形态和况味却迥然有别。这是我有意为之，算是一种文本尝试吧。其他如《西域之西》《北行手记》《南海西沙》和《从丽江到梅里》诸篇，虽也做了若干规划和准备，却一直缺乏成文的

卷二
读书知人

冲动与机缘,端的愧对友人、历史和山川。

2008年夏天,《北京青年报》陈徒手兄来电约稿,多所推重,盛情可感。且谓内容随意,篇幅不拘。他恰巧又是一位我敬重的兄长——《关于林彪》一文中郭小川对林总的评价即引自其力作《人有病,天知否:一九四九年后中国文坛纪实》。无可推诿,只得应承下来。

8月7日晚如约草成《曾国藩与对联》,聊以塞责,列为拟写的系列《名人、名胜与名联》之首篇。15日得徒手兄邮件,略谓"大作已于今天见报,大家反应很好",云云。这是我第一次应约为报纸撰文,值得附记一笔。无巧不成书,最新发表收入本书的《朱由检举棋不定》一文,亦刊载于《北青》。

2010年夏天,《羊城晚报》胡文辉兄来电拉差。他说,《羊晚》将全新改版,从8月1日起,逢周日推出重头戏《人文周刊》,想我承乏"专栏"版的"文史"栏目。我说本想再过十几二十年过了花甲之岁才写专栏;他说事可从权,偶一为之,亦无不可。我说不习惯命题作文;他说只要是宽泛的文史随笔就好,其他一概不拘。我说千把字不过瘾;他说不超过两千字就行。我说自己不是职业写手,挺情绪化,按时供货无从保证;他说多少及频率,尽可随意。我说文章或可略予删节,但不能随意改动;他保证不会出现这种情形。当然,稿酬标准也算优厚。文辉兄的文品和人品,我亦知之有素,其杰作《陈寅恪诗笺释》,我更是孔网的首位买家。……实在再也找不出推托的理由，只能硬着头皮答应下来。这是我第一次应约在报纸开设专栏。一年多来，随心所欲而不失认真地写了不到十篇，没有任何压力。反响似乎还不错，其中多篇被其他报刊及不计其数的大小网站转载。这种自由灵便的开放式合作方式，非常舒爽。

卷三所收录的，即是我为《羊晚》及《北青》所写的几篇文史随笔。篇名及内容，较诸见报时或略有改动增补。排列顺序，大抵按各篇所写到的人物和事件之先后，而非写作及发表时序。以后如有转载及引用，请以本书版本为准。

多位朋友都认为我自己的书稿不应缺席《海豚文存》。几经踌躇，终于同意选编本书，附骥群贤。非敢自诩珠玉，诸希亮察。

每个人都有自己的命运，每本书亦然。读者诸君如果觉得这本小书还有点意思，不皱眉头，我就心满意足了。

      2012年2月4日，夏历壬辰龙年立春初稿。
      2012年9月28日，壬辰中秋前两日改定。

（原载《从凤凰到长汀》，梁由之著，海豚出版社2013年2月1版1印，定价23.00元。）

卷二
读书知人

《天涯社区闲闲书话十年文萃》后记

网络深刻改变了世界和人生，越来越多的人将它视为精神家园。其中一些人，选择了天涯社区的闲闲书话。

2000年11月10日，西西弗发表《解题"闲闲书话"》，不啻是本版的出生证和宣言书。十年来，无数天南地北素昧平生的人们在此交流互动，相识相知，共同度过了一段美妙愉悦的时光，谱写了一篇篇动人心弦的文字和传奇。

闲闲书话以"闲"为底色，以"书"为中轴，没走向封闭，不偏执一端，兼收并蓄，姹紫嫣红，不经意间，发展成长为独具风格长盛不衰的网上读书论坛。此间藏龙卧虎，高手如云，许多事关读书与思想的焦点话题和事件发轫于斯，为传统媒体关注追逐，在华文社会的知名度和影响力与日俱增。

时光如电，闲闲书话将迎来开版十周年。值此承先启后继往开来之际，"出版选集，搜集精华，以整体和纪年形式呈现中文网络阅读与写作的风貌、实绩和水准"（沈昌文语），留下一份恒久的纪念，同时"示来者以轨则"，是大家的共同心愿。梁某不揣冒昧承乏此事，于2009年11月11日发布"编纂启事"，期望能差强人意，不辱使命。编务之浩繁艰巨，可想而知。在新知旧雨的热心支持和鼎力合作下，经过半年坚韧不拔的努力，重重困难得以渐次克服，轻舟已过万重山。刻下，"十年文萃"如期完成编纂，即将发排。感谢所有参与的朋友，祝贺所有入选的作者。

《天涯社区闲闲书话十年文萃》全四卷，120余万字，得作者236人，文章312篇。书人书事书话书单而外，举凡书评、影评、乐评、画评、淘书访友、游山玩水、饮食男女、花鸟虫鱼……百无禁忌，一概不拘。选文时注重内容的斑斓多姿和表现形式的新颖别致，兼顾各个时段，突出个人特点，同时确保整体的质地、平衡和匀称。如谓拙编有其价值和特色，端赖闲闲书话家底丰厚。至于其不足之处，除客观限制外，请归咎于在下的眼光和口味吧。

全书不分类别，以人为本，由35公里和$\Sigma\alpha\pi\varphi\omega$分居首尾，其他作者从A到Z依次排列。每篇文章均附发表年份，每人文章均附作者各出机杼妙趣横生的自撰简介。每位作者至多选文两篇，以尽量顾及普泛性，俾使更多好文章能够入选。所有入选文章，都在闲闲书话发表过（多系原创主帖，不少且是首发。也酌收了少量由他人代发的作品，但原作者必须具有天涯ID）。其中8篇文章选录了部分精彩跟帖，借以展现论坛的特色和原生态。四卷《文萃》的副标题《我的青春小鸟一样不回来》《快

卷二
读书知人

乐的行旅》《这些书您都读过吗》和《我的闲闲书友》皆取自入选文章篇名，对应的关键词分别是岁月、旅行、读书和网缘。

本套丛书由本人和北京文汇天下文化传媒有限公司策划总监张万文先生（原北京天下书图图书有限公司总编辑）共同策划。万文是我的老朋友，也是天涯及本版的热心读者和资深"潜水员"，我们的合作非常愉快。

出版界耆宿沈昌文先生赐序，提纲挈领言简意赅，足为《文萃》点睛生色。沈公曾长期主持三联书店和《读书》杂志编务，可以说我们这一代人都受过他的沾溉。去秋旅居京华，有幸亲承色笑，没想到沈公居然也是闲闲书话的资深"潜水员"，几乎每天必上，对其间文章、人物和动态了然于胸且多有揄扬。无巧不成书的是，当年"闲闲书话"得名，亦与此老"关系万千重"。这对我是一个及时的鼓励。前辈风范，山高水长。

方连辛、雍容、地道表达、ddrose、白沙淡菊和素情自处分担了部分初选事务，地道、白沙和小方出力尤多。丛书顺利面世，诸位功不可没。

俞晓群先生为我提供了很多帮助。yiping1914、朴素、云-在-青-天、慧远、云也退、湖人附近、三十年代、黄山李平易、ernie、zhoura等人或协助处理事务性问题，或提出建设性意见，或推荐好文，或帮助联系作者，都为成书做出了贡献。

我在第一本书《大汉开国谋士群》出版前夕，曾经写道："所有作品，最终都是由作者和读者共同完成的。我完成了属于自己的一半任务，另外的一半，就拜托给与本书有缘的读者诸君了。"

其实，编书何尝不是如此。

2010 年 5 月 24 日，改定于深圳天海楼。

（原载《天涯社区闲闲书话十年文萃》，梁由之策划主编，全四卷，文汇出版社 2010 年 9 月 1 版 1 印，平装本定价 138.00 元，精装本定价 218.00 元。全四卷依次是:《我的青春小鸟一样不回来·岁月》《快乐的行旅·旅行》《这些书您都读过吗·读书》《我的闲闲书友·网缘》。）

《梦想与路径：
1911—2011百年文萃》后记

早在两三年前，好几位出版界的朋友未雨绸缪不约而同邀我写一本书，作为辛亥革命和民国建立百年大庆的贺礼。我无此打算，毫不动心。一则以忙，二则从来不屑赶风头凑热闹，三则感觉有料可用却无话可说。鲁迅说过，好诗都被唐人做完了。百年以来，什么样的梦想没被憧憬描摹过？什么样的路径没被设计尝试过？说什么？怎么说？

这一百年，中国经历了"数千年来未有之变局"（李鸿章语），出现了各式各样的人物，写出了眼花缭乱的文章，提出了五花八门的主张，发生了形形色色的事件。最终，走出了一条异常曲折的路径。中国的面貌，今非昔比，天翻地覆。回顾百年间走过的道路，想起狄更斯名著《双城记》开篇的一段话，五味杂陈，别有感焉。

新的问题，新的格局，面临新的方向性选择。中国这样一个地大物博人口众多历史悠久国情复杂的东方大国，面对波诡云谲的国际局势和地缘政治，要成功实现"大国崛起"，完成现代化转型，肯定不可能有若何现成模式可资因袭一蹴而就。唯有"一方面吸收输入外来之学说，一方面不忘本来民族之地位"（陈寅恪语），以独立自强精神，走属于自己的路，"中华民族的伟大复兴"才不是痴人说梦，才可望亦可即。别林斯基说："当整个世界变成罗马的时候，当一切民族都按照罗马式思想并感觉的时候，人类智慧的过程就中断了。只有遵循不同的道路，人类才能达到共同的目标；只有过各自独特的生活，每一个民族才能够对共同的宝库提出自己的一份贡献。"

那么，对百年以来的"梦想与路径"做一全景式鸟瞰、梳理和盘点，为将来的走向提供一份清晰切实的参照，是否可能及必要呢？

答案是肯定的。心动不如行动。于是明确细则，组织团队，开始工作。经过一年多焚膏继晷坚忍不拔的努力，终算修成正果——便是刻下呈现在读者诸君面前的这一套三卷本《梦想与路径：1911—2011百年文萃》。

全书约120万字，得作者100余人，文章200余篇。内容涉及政治、经济、思想、文化、艺术、教育、科学、法律、军事、外交、伦理、宗教、新闻、出版等诸多层面，几乎无远弗届，靡所不包。遴选时文质并重，注意展现时代特征与个人风格。务必言之有物，一掴一掌血，兼具文本意义。同时确保局部与整体的丰富、驳杂、饱满和平衡。选文时间界限是1911—2011年间，次序按年份先后排列——如是又有了些许编年史的

卷二
读书知人

意味。作者身份千差万别，百无禁忌。每位作者入选文章少则一篇，至多五篇，尽量在充分覆盖的同时，又凸出重点。因篇幅所限及其他原因，部分文章予以存目。

所收文章，有不少在当时及日后产生过重大而深远的影响，如梁启超的《异哉所谓国体问题者》，张季鸾的《给西安军界的公开信》，《光明日报》特约评论员文章《实践是检验真理的唯一标准》，李洪林的《读书无禁区》等；也有的少为人知，值得推介流布，如沈玉成的《自称"宋朝人"的王仲闻先生》，叶兆言的《纪念》等；有的桴鼓相应一脉相承，如胡适的《文学改良刍议》与陈独秀的《文学革命论》，王云五的《印行〈万有文库〉缘起》与俞晓群的《〈新世纪万有文库〉十年祭》等；有的则墨守输攻针锋相对，如康有为的《孔教会序》与章太炎的《驳建立孔教议》，陈序经的《全盘西化的理由》与王新命的《全盘西化的错误》，王蒙的《躲避崇高》与王彬彬的《过于聪明的中国作家》等；有的乃名家写名家，各具手眼色彩缤纷，如胡适的《追悼志摩》，丁玲的《风雨中忆萧红》，丰子恺的《怀李叔同先生》，郭沫若的《论郁达夫》，柯灵的《遥寄张爱玲》，施蛰存的《滇云浦雨话从文》，易中大的《盘点李泽厚》，崔卫平的《谁是亚当·米奇尼克》等；有的是同一话题不同视角，如郭沫若的《甲申三百年祭》，周作人的《甲申怀古》，聂绀弩的《明末遗恨》等；有的宏大磅礴，如陈独秀的《我的根本意见》，殷海光的《自由的伦理基础》等；有的具体精微，如冯友兰的《别

171

共殊》，王春瑜的《"万岁"考》等；有的感人至深必不可少，如林觉民的《与妻诀别书》，蔡锷的《口授遗嘱》，瞿秋白的《多余的话》，赵一曼的《遗书》等；有的不妨聊备一格，如张春桥的《破除资产阶级的法权思想》，姚文元的《评新编历史剧〈海瑞罢官〉》等；有的短小精悍字字珠玑，如黄侃的《大乱者救中国之妙药也》，蔡元培的《洪水与猛兽》等；有的长篇大论美不胜收，如刘小枫的《牛虻和他的父亲、情人和她的情人》，单世联的《"尽在烟云变幻奇"——读曾志〈一个革命的幸存者〉》等。……大抵一编入手，百年烟云过眼，精粹在握。

正文之外，《百年文萃》还包括原始出处、作者简介、简要述评三部分。尽量找出原始出处，除寻根究底正本清源外，还有一个衍生效果——让百年间主要报刊及重要书籍相对整齐地亮相，有心的读者，不难由此及彼举一反三。至于作者简介，尤其是简要述评，更是我和助手们逐条逐行逐句逐字深思熟虑精雕细琢而为，花费了不少精力和心血，识者谅必知之。

《百年文萃》由梁某负责策划、编选及撰稿、定稿，张万文先生承担具体出版事宜。这是我与万文继《天涯社区闲闲书话十年文萃》（全四卷，2010年9月，文汇出版社）之后的第二次合作，驾轻就熟，得心应手。孰料付梓前夕，万文兄工作忽有变动，遇到一点意外波折。最后确定由百年头牌老店商务印书馆出，周青丰先生担任责任编辑。各得其所，曲终奏雅。

2007年夏天，与青丰兄见过一面，那时他是广西师范大学

卷二
读书知人

出版社北京贝贝特公司"旅游馆"主编。风尘荏苒,倏忽数年,偶有机缘重新聚首,得以合力完成这项宏大雄伟的工程,足慰平生。冥冥之中似有定数,让人不能不赞叹造化的神奇。

朱正先生的治学态度,刘苏里先生的阅读视野,素所钦慕。朱老和苏里兄为我提供了许多帮助,并慨允赐序,足为拙编添彩。

深圳陈虹蔚、张晓瑜,北京张万文、杜雅萍、董小染,上海金珠,广州余芊分担了部分编务。《百年文萃》顺利面世,诸位功不可没。

受时间、语境、水平、体例、篇幅等主客观因素限制,拙编肯定存在诸多不足乃至缺陷。敬请海内外方家不吝赐教,匡我未逮。

或问:编了这么一大套书,堂哉皇哉;那么,你自己的见解呢?

答曰:上面已经说了几句,点到为止。既然述而不作,索性一以贯之坚持到底。借用三段话,聊充申论。

凡读本书请先具下列诸信念:

一、当信任何一国之国民,尤其是自称知识在水平线以上之国民,对其本国已往历史,应该略有所知。

二、所谓对其本国已往历史略有所知者,尤必附随一种对其本国已往历史之温情与敬意。

三、所谓对其本国已往历史有一种温情与敬意者,至少不会对其本国历史抱一种偏激的虚无主义,亦至少不会感到现在我们是站在已往历史最高之顶点,而将我们当身种种罪恶与弱点,一切诿卸于古人。

四、当信每一国家必待其国民具备上列诸条件者比数渐多,其国家乃再有向前发展之希望。

——钱穆《国史大纲·卷首语》

一味歌颂固有文化,把历史文化理想化,很容易得到一般人的同情,甚至也能得到一般人的尊敬,但就思想更新这个历史性的课题来说,这实在是最不负责任的态度,因那样会增长我们的蔽固,认不清中国文化在当前世界的处境。怀疑是知识之母,我们必须有勇气培养合理的怀疑态度,根据这个态度对传统从事客观的研究,只有在客观研究的基础上,才能产生有深度的批判,必须经由批判的过程,才能知道该保有什么,或该吸收什么。

——韦政通《中国思想史·导言》

明哲之士,必洞达世界之大势,权衡校量,去其偏颇,得其神明,施之国中,翕合无间。外之既不后于世界之思潮,内之仍弗失固有之血脉,取今复古,别立新宗,人生意义,致之深邃,则国人之自觉至,个性张,沙聚之邦,由是转为人国。

卷二
读书知人

人国既建,乃始雄厉无前,屹然独见于天下,更何有于肤浅凡庸之事物哉?

——鲁迅《坟·文化偏至论》

正,反,合。百年以还,我实在看不出有什么比迅翁当年更高明、更通达、更具可行性的见解。

……

2012年5月4日,夏历壬辰龙年立夏前夕,
梁由之记于深圳天海楼。

(原载《梦想与路径:1911—2011百年文萃》,梁由之策划主编,全三卷,商务印书馆2012年11月1版1印,定价198.00元。)

卷三

江山与人

从凤凰到长汀

缘 起

夏天某日黄昏，与几个朋友到深圳大鹏金沙湾游泳后，小酌闲谈。话题转到各自最近读的好书时，某乙说："王蒙的《我的人生哲学》不错，看了很受启发。"某甲却鄙夷不屑。

我则持中立态度。又跟他们讲了一通"小马过河"的故事。

王蒙是个庞大、复杂、独特的存在，几句话说不清楚，不宜轻言其人。刻下正在读老六惠赠的《唐达成文坛风雨五十年》，更加印证了这一判断。

有些话，倒还真是非王蒙不能道。比如他说：中国现、当代那么多作家，只有鲁迅才多有警句，并为人所记诵。

这是很有眼光的实话。难道不是吗？

姑引一例，节录自《朝花夕拾·小引》：

我有一时，曾经屡次忆起儿时在故乡所吃的蔬果：菱角，罗汉豆，茭白，香瓜。凡这些，都是极其鲜美可口的；都曾是

卷三
江山与人

使我思乡的蛊惑。后来,我在久别之后尝到了,也不过如此;惟独在记忆上,还有旧来的意味存留。他们也许要哄骗我一生,使我时时反顾。

说得太好了。岂独故乡蔬果而然。

少年时期读书,看到黄永玉引路易·艾黎的话说:中国有两个最美的小城,一个是湖南凤凰,一个是福建长汀。

就此中蛊。不亲自去走一走,看一看,耳闻目睹一番,心里就不踏实,感觉就有欠缺,一块石头就不能落地。

不知有多少朋友,是怀着与我类似的心情,走向凤凰,奔赴长汀。

凤 凰

梁某一向喜欢湖南,包括它的风光、人文、民风和饮食,当然,还有清爽能干色味俱全牙齿雪白的湘妹子。我有不少湘籍朋友,到讨三湘四水许多地方。周恩来说:与有肝胆人共事。湘人多有肝胆,有血性,有担当。百年中国最为霸蛮豪壮的一句话,窃以为是当年杨度在梁启超主编的《新民丛报》发表的《湖南少年歌》中的名句:"若道中华国果亡,除非湖南人尽死!"

凤凰没有机场,没有铁路,也尚未开通高速公路(吉怀高速正兴建中),游客抵达边城的唯一方式是乘坐汽车。可分别从湖南张家界、吉首、麻阳、怀化及贵州铜仁进入，区别只在于长短而已。交通不便，或许是小城还能留存些许古意的原因之一吧。

单就风光而论，凤凰其实只是湘西这幅山水长卷的一个截面，并不算特别出色。它却明显压倒周边地区，独占鳌头，使五湖四海的远客纷至沓来。如今，更与云南丽江、广西阳朔并称，成为小资们旅游休闲的天堂。究其缘由，首先，当归功于凤凰出了个大作家沈从文。其次，得力于老顽童黄永玉不遗余力的宣扬鼓吹。跟其他一些本土闻人，包括民国初年当过"第一流人才内阁"总理的熊希龄，倒似乎并无干系。

沈从文熟悉、热爱、擅长描写的是苗汉杂处、未脱蛮荒习性的湘西一带的风土人情。他善于用一种明净、直率、古拙、俚俗的笔墨勾勒出各种各样单纯、质朴、愚鲁、粗犷的故乡情事。"嫩箨香苞初出林"阶段的沈从文，元气淋漓，一空傍依，"我手写我口"，与中国传统文化和西方文化几乎都不搭界，只是将他早年的生活经历作了记录和发酵，近乎原汁原味呈示出来。《湘行散记》和《边城》便是这样横空出世的。这是沈从文的成名作，又是代表作。他自己再也没能超越。迄今也无人超越（不少人做过尝试，比如贾平凹的《商州初录》）。成名后的沈氏，心有旁骛，多所瞻顾，诚如施蛰存所言，嘴上说自己永远是个乡下人，但向往的却是绅士气，结果弄成一个土里土气的绅士，非驴非马，不伦不类。创作固然相当丰赡，也偶有精品佳作，但都无法跟《边城》和《湘行散记》这等气足神完的

卷三
江山与人

神作相提并论。

沈从文给人的印象常常是温和宽厚的。其实在当年，他颇有湖南人的驴脾气，执拗好斗，几度掀起文坛风波，也为自己树敌多多，带来不少麻烦。这是题外话，且略过不表。

1949年后，沈从文改行研究文物，并取得不俗实绩。我于此道是外行，不能置一词。但对有些人说沈老"没能继续文学创作，是一大遗憾"的说法，却很不以为然。幸亏没写。如果写的话，在那个年代，能会是些什么东西呢？看看当时还在写的与他名气相伴的同时代作家，包括茅盾、丁玲、巴金、老舍、张天翼在内，好作品罕见，还是不写好。因默以存，义无再辱。梁某认为，鲁迅死后，没有任何中国作家，能人格独立、神经坚强到足够对抗一切的程度。我们没有布尔加科夫，没有《大师与玛格丽特》。

坦率地说，我很尊重沈老，但并不是特别喜欢他的作品——《边城》和《湘行散记》除外。个人口味，更偏好他的入室弟子汪曾祺。

青年时代，黄永玉就是汪曾祺情投意合的狐朋狗友。两个天才常常不名一文地在上海霞飞路溜达，神采飞扬，自得其乐。间或邀上他们共同的朋友黄裳，打打牙祭，痛饮快谈。通常由黄裳买单：他当时已薄有声名，经济状况较好。他们不忘情于事业，更懂得如何享受人生。这三个精怪，殊途同归，终成大器。

同时享有画家、作家声誉的老黄头，图画和文字都很别致，戛戛独造，自成一家。关于文字，印象最深的是他写陆志庠的那一篇《不用眼泪哭》，栩栩如生，呼之欲出。写沈老，汪氏而外，亦以黄某最为拿手，能搔痒正着，得其神韵。

黄永玉是独一无二的。他的一生，与众不同，异常精彩，不可复制。但此老的东西又多是野狐禅，不宜太过当真。梁某以为，黄永玉平生最大的功业并非他的绘画或文章，而在于他将表叔笔下穷乡僻壤古朴离奇的故乡凤凰成功神化，使之比肩丽江，成为小资们追慕向往的圣地，既帮助了乡亲们脱贫致富，自己也名利双收。这等好事，断非凡夫俗子所能为。相距不远的贵州镇远自然景色起码不在凤凰之下，可是有几个人知道？我也听到有些乡亲对黄永玉不无微词。这是一叶障目，不见泰山。

在某个月色撩人的秋夜或是惠风和畅的春晨，背一个小小的行囊，袖几本薄薄的诗文集子，独行也好，二三好友同行也罢，来到凤凰，找一家紧靠沱江的小楼，小住数日，晒晒秋阳，听听春雨，思索前世今生的情缘，打量天上闪烁流动的星云，实在是个不错的选择。

什么都可以想。什么都可以不想。点燃一支云烟，趿一双大号拖鞋，懒散随意地在古城的石板街上溜达。看迎风招展的商号布帘，听抑扬顿挫招徕生意的吆喝声，端详苗女头上的银饰（有谁像翠翠吗？），嚼口姜糖，喝杯擂茶。远处飘荡过来吉他声——谁在演奏《流浪歌手的情人》？心事若远若近，若有若无。

虹桥侧翼，便是黄永玉的夺翠楼。逆沱江再前行数百米，右转上山，很快就会看到那块著名的五彩石墓碑。故乡的山水

卷三
江山与人

之间,沈从文、张兆和天人合一,得到最佳的栖息。在听涛山陪沈先生小坐,沱江边的捣衣声此起彼伏。天高云淡,微风吹拂,有一种难以言喻的温煦和熨帖在心中容与摇荡。

沈从文夫妇的墓地,黄永玉立的碑,对时人、后世,以至千秋万代,将构成强大而恒久的吸引力,是一笔无形、珍贵、巨大甚至难以计数的财富。而投入甚少,完全不成比例,简直可以忽略不计。

由此及彼,严重鄙视江苏高邮的地方官。那些伙计多是吃干饭的,无知无识,不知补救。汪曾祺生前想在故乡有"一枝之栖",他们无动于衷。汪老去世,葬在北京西郊福田公墓,嘈杂、狭窄、喧闹——那儿肯定不是他喜欢待的地方;墓地系有偿限时使用,20年5万元。地方当局为什么不跟汪氏后人商量,将老头儿归葬故乡的文游台呢?

……

毋庸讳言,凤凰商业气氛日隆,人也实在太多。如果你是美食家,口腹之欲也未必能够满足。你也许感到不虚此行,但又会觉得意犹未尽。

那么,去长汀看看,如何?

长 汀

长汀位于群山环抱的闽西,是闽赣交界的边陲要冲,毗邻红都瑞金，古称汀州。

　　此地历史悠久，人文鼎盛，是福建新石器文化发祥地之一，全县现有 200 多处新石器遗址。在大量出土的石器和陶器中，西周的陶印拍、商周的陶尊、唐代的多角盖罐、宋代的陶谷仓等，都属于国家文物宝库中的珍品。4000 年前，就有古越族人在此休养生息。从大唐开元二十二年（734）设立汀州，一直到清末，长汀一直成为州、郡、路、府的所在地，是闽西政治、经济、文化、人口中心。保存至今的古代建筑尚有：唐朝的古城门三元阁、唐代至明代的古城墙、宋代的汀州文庙、明清两代的汀州试院及唐代双柏等。

　　长汀是福建客家人的主要聚居地和大本营。从西晋"永嘉之乱"起，中原汉人几度大规模南迁，发育成为汉民族的一支优秀民系——客家。广东梅州、江西赣州和福建汀州，号称客家人的三个大本营。其中，汀州作为客家繁衍生息壮大发展的祖籍地，更被海内外客家人誉为"客家首府"，绕城而过的汀江则被称为"客家母亲河"。这里每年秋天的 10 月 18 日，都要举行世界客家公祭母亲河大典，吸引大批海内外客家人前来寻根谒祖。

　　20 世纪以来，因为交通不便及其他原因，长汀渐趋衰落。这里没有高速公路，更没有机场，一条支线铁路也才刚刚建成开通。现代社会，交通对一个地方发展的影响实在不容小视。一个很好的相反例子是石家庄。闽西的中心城市，改属龙岩——长汀现在只是其下属的一个县。

卷三
江山与人

初到长汀，你很可能感觉失望，乃至郁闷。千里迢迢，远道而来，看到的却是这副模样：那么一点点小，还乱糟糟的；新、旧城混杂，明显缺乏规划；几处重要古迹虽然保存得不错，周边的民居却被拆迁殆尽，光秃秃的，很不协调；有名的赖氏坦园公祠、陈氏宗祠等不是破破烂烂空置着，就是被好几户人家分割居住；大名鼎鼎的汀江也不干净，水面漂浮着塑料袋等脏物；长汀宾馆仅3层高……真所谓盛名之下，其实难副。

当你将慕名已久的憧憬与乍见之下的失落对冲，以一种平和的态度，走进长汀的大街小巷，去寻觅、发现、欣赏、领悟，那么很快，你就会有新的、不同的感觉，就会感到"其来有值"，就会喜欢甚至爱上这个美丽而寂寞的古老山城。

汀州被称为客家文化的发源地。走进长汀，只要留意一下这里的民风、建筑、饮食，就不难感受到它难以抗拒的独特魅力。

当今时世，经常听到有人叹息世风日下，人心不古。在长汀，则刚好相反。举凡衣食住行，接触到的各色人等，我没有看到过任何一副奸猾市侩的面孔，没有些微不快。耳闻目睹的，是亲切、恳挚、真诚、周到。梁某也算是到过不少地方、见过一些世面了。在旅游胜地，就个人经历而言，这几乎是绝无仅有的。不觉暗暗称奇。这恐怕跟长汀养在深山人未识、尚未过度开发，关系不小。

少陵诗曰：在山泉水清，出山泉水浊。

沈从文说：美丽总是愁人的。

其实,美丽也往往是寂寞的。

那么,长汀是成为又一个凤凰,还是保存原生态、只是稍稍加以调理呢?老实说,我很矛盾。

建设街是长汀的一条老街。那里有一棵600余年的古老铁树,还有多家木雕工艺品店。走过其间,木香扑鼻。令人醉心玄想独具一格的汀州人文。

长汀的传统民居继承了中原的宗族府第式的建筑风格,沿中轴线两边展开,层层递进,前后左右对称,布局严谨。这种民居规模大的可容纳一个家族几十户人口居住。有的前设门楼,后有闺阁绣花楼,并建有弧形栏座椅(俗称"美人靠"),非常典雅别致。这类客家民居建筑,以长汀围屋最为典型,它和客家土楼一样,是客家人聚族而居的"家族城寨"。

说到饮食,更令人喜出望外。一品金丝、长汀肉丸、蛋清鱼丸、长汀豆腐及豆腐干……都是风味绝佳的妙品,令人大快朵颐。位列三大名鸡之一的汀州河田鸡是梁某迄今吃过的最嫩、最好的白切鸡。

令人拍案叫绝、叹为"食"止的,是极具当地特色的"猪腰汤"。这是一家"苍蝇店",门面很小,非常简陋。可那个味道之鲜润、滑嫩……实属妙不可言。当地人的介绍果然不错。这么一家不起眼的小店,居然挂满了国家、省、市、县各级名牌匾额,居然令我们几个大嘴吃遍四方的天南地北来客同声叫绝。端的是味道好极了也么哥。

卷三
江山与人

分工合作经营此店的是四个中、老年妇女。她们原来还算是一家集体单位的职工，月薪约400元。她们那种诚恳敬业、恬然自足的样子让我们有种发自内心的感动。

没得说，决定第二天再去吃。不想不成：次日，她们要一起去大庙烧香，关门一天。

这！

不过也好，算是留下一个重游的念想吧。

长汀有3块金字招牌：国家历史文化名城，客家首府，革命圣地。

汀州本土，人才辈出。张九龄、文天祥、陆游、宋慈、宋应星、纪昀等著名人物也都与此地有着各种瓜葛。

土地革命战争时期，长汀是中央革命根据地的中心之一。中共领袖中的绝大多数，都曾在此间留下足迹。有的更是在这里流血、牺牲。

比如瞿秋白。

秋　白

阿道夫·希特勒说：衡量一个男人，有两个标准，一是看他娶什么样的女人，二是看他怎样去死。

按这个家伙的说法，清癯文弱的瞿秋白（1899—1935），柔情侠骨，也是一条毫不含糊的真正男子汉。

秋白夫人王剑虹，是丁玲风华正茂时最要好的女友，两人才貌相若，不相上下，可惜英年早逝。续配杨之华，有着凄凉的身世和绝世的容貌，又是一位勇敢坚强的革命女性，他们的感情坚如磐石，终生不渝。秋之白华，天作之合。

文人，领袖，烈士：秋白一身兼具三种身份。

作为文人，他是蹩脚的。没有多少东西能经受得住历史的检验，足以传世。

作为领袖，他是失败的。实际上，早已沦为"边缘人"。更有甚者，从容就义达30年之久后，"岂意青山葬未安"（陈寅恪句），居然被诬为"叛徒"！

秋白之死，是秋白之所以成为秋白的关键。尤其是他死前写下的千古奇文《多余的话》，及若干极为精美的诗词（包括浑然天成、较原作更为出色的集句）。

作为烈士，他是一个十分独特的个案，令人感佩，值得深入剖析、研究。这也是我和朋友们不远千里，跋山涉水，奔赴长汀，探其遗迹的真正动因。

瞿秋白二十世纪二十年代写《俄国文学史》论及文学谱系"多余的人"时，曾这样写道："他们的弱点当然亦非常显著：这一类的英雄绝对不知道现实生活和现实的人，加入现实的生活和斗争他们的能力却十分不够。幼时的习惯入人很深，成年的理智，每每难于战胜——他们于是成了矛盾的人。……鲁定（通译罗亭，系屠格涅夫小说《罗亭》的主人公，'多余的人'的代

卷三
江山与人

表性典型人物）办一桩事，抛一桩事，总不能专心致志，结果只能选一件最容易的——为革命而死……俄国文学里向来称这些人是'多余的人'，说他们实际上不能有益于社会。其实也有些不公平，他们的思想确实是俄国社会发展中的过程所不能免的；从不顾社会到思念社会，此后再有实行——他们心灵内的矛盾性却不许他们再进了；留着已开始的事业给下一辈的人啊。"

这完全可以视为秋白的夫子自道。而且，一语成谶，预示了他一生的命运。草蛇灰线，伏脉千里，直到写《多余的话》，还随处可见其袅袅余音。

秋白自问："如果人有灵魂的话，何必要这个躯壳！但是，如果没有的话，这个躯壳又有什么用处？"

人之将死，其言也真。瞿秋白在《多余的话》里面写道：

因为"历史的误会"，我十五年来勉强做着政治工作——正因为勉强，所以也永久做不好，手里做着这个，心里想着那个。在当时是形格势禁，没有余暇和可能说一说我自己的心思，而且时刻得扮演一定的角色。现在我已经完全被解除了武装，被拉出了队伍，只剩得我自己了。心上有不能自已的冲动和需要：说一说内心的话，彻底暴露内心的真相。布尔塞维克所讨厌的小布尔乔亚智识者的"自我分析"的脾气，不能够不发作了。

我现在已经因在监狱里，虽然我现在很容易装腔作势慷慨激昂而死，可是我不敢这样做。历史是不能够，也不应该被欺骗的。我骗着我一个人的身后不要紧，叫革命同志误认叛徒为烈士确实大大不应该的。所以虽然反正是一死，同样是结束我的生命，而我决不愿意冒充烈士而死。

我不怕人家责备，归罪，我倒怕人家"钦佩"。但愿以后的青年不要学我的样子。

像我这样性格、才能、学识，当中国共产党的领袖确实是一个"历史的误会"。我本只是一个半吊子的文人而已，直到最后还是"文人积习未除"的。

一只羸弱的马拖着几千斤的辎重车，走上了险峻的山坡，一步步的往上爬，要往后退是不可能，要再往前去是实在不能胜任了。我在负责政治领导的时期，就是这样的一种感觉。

我不过刚满三十六岁……但是自己觉得已经非常的衰惫，丝毫青年壮年的兴趣都没有了。不但一般的政治问题懒得去思索，就是一切娱乐甚至风景都是漠不相关的了。……我是多么脆弱、多么不禁磨练呵！

同时要说我已放弃了马克思主义，也是不确的。

文人和书生大致没有任何一种具体的智识。他样样都懂得一点，其实样样都是外行。要他开口议论一些"国家大事"，在不太复杂和具体的时候，他也许会。但是，叫他修理一辆汽车，或者配一剂药方，办一个合作社，买一批货物，或者清理一本账目，再不然，叫他办好一个学校……总之，无论哪一件具体而切实的事情，他都会觉得没有把握的。

卷三
江山与人

我这滑稽剧是要闭幕了。

这世界对于我仍然是非常美丽。一切新的,斗争的,勇敢的都在前进。那么好的花朵,果子,那么清秀的山和水,那么雄伟的工厂和烟囱,月亮的光似乎也比从前更光明了。

但是,永别了,美丽的世界!

一生的精力已经用尽。剩下的一个躯壳。

中国的豆腐也是很好吃的东西,世界第一。

永别了!

……

这是一个低回婉转、真诚袒露的灵魂。秋白对自己和自己毕生追求的事业进行了无情的解剖和反思,感觉到一种沉重的失落,产生了一种深刻的疏离。

但是,秋白又不愿意背弃主义,割裂人格。他不屑扮演慷慨就义的英勇,却有一份视死如归的从容。他没有出卖组织和同志,坦然选择了死亡。他用俄语唱着《国际歌》,走向长汀城外罗汉岭的刑场。敌人为他准备了临刑前的酒席,也并没有割断他的喉管。

作为一个就要完成书生、领袖、烈士三部曲,超越了生死荣辱的前辈,瞿秋白回顾平生时纷纭杂乱的思绪,告别世界前深沉厚重的感慨,在历史长河上激起璀璨的浪花和不绝的回音。

从书生到领袖到烈士,瞿秋白自己的三首诗可作为很好的注脚。

万郊怒绿斗寒潮,检点新泥筑旧巢。
我是江南第一燕,为衔春色上云梢。

雪意凄其心惘然,江南旧梦已如烟。
天寒沽酒长安市,犹折梅花伴醉眠。

夕阳明灭乱山中,落叶寒泉听不穷。
已忍伶俜十年事,心持半偈万缘空。

由激越到迷惘到幻灭。诗句蒸蒸日上,越来越精美;情绪却每况愈下,越来越低落。本质上,瞿秋白与郁达夫并无二致,都是"零余者"。

俗话说:三个女人一台戏。

那么,三个男人呢?

瞿秋白与百年中国最为牛气的两个男人——鲁迅和毛泽东,恰恰都有着绝非浮泛的交情和关系。

三个男人

秋白与鲁迅

对于鲁迅,瞿秋白早已是高山仰止,敬服有加。鲁迅也很欣赏和看重秋白的人品和文章,他不止一次向冯雪峰谈到秋白的杂文：尖锐，明白，晓畅，真有才华，真可佩服。也指出秋白杂文深刻性不够，少含蓄，读二遍便有一览无余的感觉。他更推重瞿秋白的论文和译文。

未曾谋面之前，两人就书来信往，声气相通。精通俄语的秋白在一封信中表示了对鲁迅翻译的苏联小说《毁灭》的惊喜和赞赏，也直言不讳地指出了译文中存在的问题。他充满感情地说："我们是这样亲密的人，没有见面的时候就这样亲密的人。"鲁迅不但没有丝毫不快，反而"非常高兴"。两人以"敬爱的同志"互称。这于鲁迅，几乎是仅见的，极不寻常。

据杨之华回忆，瞿秋白与鲁迅的第一次见面，是在1932年夏天。他们一见如故，十分投机，从此情好日密。把酒论世，执笔衡文，遭逢知己，其乐何如。秋白甚至直接借用鲁迅的各种笔名发表了一批在当时影响很大的文章。有的几可乱真。

短短一年多时间内，瞿秋白、杨之华就到鲁迅家避难、暂住达4次之多，每次都受到鲁迅、许广平热情洋溢的接待。主人甚至曾执意退出主人房给客人住，自己睡地铺。众所皆知，"鲁门"可不是那么容易登的——但这也要看是什么人。鲁迅亦曾回访秋白，信函更是往来不断。

瞿秋白认为：正确认识、理解鲁迅极为重要。他集中阅读了鲁迅的作品，并多次当面咨询探讨。然后花了4夜工夫，写成长达17000余字的《〈鲁迅杂感选集〉序言》。此文对鲁迅及其杂文作了认真、全面、公正、深入的梳理和评价，达到了当时的历史高度。鲁迅本人,大约也有搔痒正着之感。

人生得一知己足矣

斯世当以同怀视之

鲁迅送瞿秋白的这副名联,其来有自。得到迅翁如此崇高而亲密的推许,并世无第二人。

古人说:一生一死,交情乃见。

2003年7月,新发现一封1936年7月17日鲁迅写给秋白遗孀杨之华的亲笔回信,亦即鲁迅在当天日记中记载的"得文尹信,午后复"的那封回信。全文如下:

尹兄:

6月16日信收到。以前的几封信,也收到的,但因杂事多,而所遇事情,无不倭支葛搭,所谓小英雄们,其实又大抵婆婆妈妈,令人心绪很恶劣,连写信讲讲的勇气也没有了。今年文坛上起了一种变化,但是招牌而已,货色依旧。

今年生了两场大病,第一场不过半个月就医好了,第二场到今天十足两个月,还在发热,据医生说,月底可以退尽。其间有一时期,真是几乎要死掉了,然而终于不死,殊为可惜。当病发时,新英雄们正要用伟大的旗子,杀我祭旗,然而没有办妥,愈令我看穿了许多人的本相。本月底或下月初起,我想

卷三
江山与人

离开上海两三个月,作转地疗养,在这里,真要逼死人。

大家都好的。茅先生很忙。海婴刁钻了起来,知道了铜板可以买东西,街头可以买零食,这是进了幼稚园以后的成绩。

两个星期以前,有一个条子叫我到一个旅馆里去取东西,托书店伙计取来时,是两本木刻书,两件石器,并无别的了。这人大约就是那美国人。这些东西,都被我吞没,谢谢!但M木刻书的定价,可谓贵矣。

秋的遗文,后经再商,终于决定先印翻译。早由我编好,第一本论文,约三十余万字,已排好付印,不久可出。第二本为戏曲小说等,约二十五万字,则被排字者拖延,半年未排到一半。其中以高尔基作品为多。译者早已死掉了,编者也几乎死掉了,作者也已经死掉了,而区区一本书,在中国竟半年不能出版,真令人发恨(但论者一定倒说我发脾气)。不过,无论如何,这两本,今年内是一定要印它出来的。

约一礼拜前,代发一函,内附照相三张,不知已收到否?我不要德文杂志及小说,因为没力气看,这回一病之后,精力恐怕要大不如前了。多写字也要发热,故信止于此。

俟后再谈。

迅上

七月十七日

密斯陆好像失业了,不知其详。谢君书店已倒灶。茅先生家及老三家都如常。密斯许也好的,但因我病,故较忙。

这封信折射了鲁迅当时的思想与情感,袒露无遗地表达了他对某些代表"党"的文艺领导人的无比厌憎和对不幸死难的挚友的款款深情,见证了一段重要历史,弥足珍贵。

鲁迅在信中特别提到他抱病从事的一项具有重要意义的工作:抓紧时间整理出了瞿秋白的遗译、遗著,即著名的《海上述林》,并已经或准备交付印行。鲁迅为纪念缅怀牺牲的战友,付出了如此之多的心血和努力。他迫切希望此书能早日出版。冯雪峰回忆说:"1936年我回上海,鲁迅先生也是谈到什么问题都会不知不觉提到秋白同志的。特别是'至今文艺界还没有第二个人……'这句不自觉地流露了对于牺牲了的战友的痛惜与怀念情绪的话,我一想起就感到了痛苦。那时候鲁迅先生自己也在病中。""在逝世前,撑持着病体,又在当时那么坏的环境里,编、校并出版了秋白同志的遗译、遗著《海上述林》两大卷的鲁迅先生的心情,我想我们是能够了解的,应该了解的。"

聂绀弩诗云:国防一派争曾烈,鲁迅先生病正危。其时,重病中的鲁迅,体重只剩下70多斤,遭受着来自左右两翼的夹攻,横站苦斗,焦恼郁闷。内心的积郁,也只能同自己知心的朋友才能诉说。由此亦可折射出鲁迅与瞿秋白夫妇之间非同寻常的深情厚谊。令人慨叹的是:仅仅3个多月后,先生就与世长辞了。

鲁迅是性情中人。笑傲江湖,快意恩仇,而又极重感情。

卷三
江山与人

在证实秋白死难的消息后,鲁迅致信曹靖华说:

它兄(指秋白)文稿,很有几个人要把它集起来,但我们尚未商量。现代有他的两部,须赎回,因为是豫支过版税的,此事我在单独进行。

中国事其实早在意中,热心人或杀或囚,早替他们收拾了,和宋明之末极像。但我以为哭是无益的,只好仍是有一分力,尽一分力,不必一时特别愤激,事后却又悠悠然。我看中国青年,大都有愤激一时的缺点,其实现在秉政的,就有是昔日所谓革命的青年也。

此地出版仍极困难,连译文也费事,中国对内特别凶恶的。

鲁迅很长一段时间里悲痛不已。他同郑振铎等人商量集资为秋白出书纪念。鲁迅建议先把秋白翻译的外国作品编辑出版;至于其他著述,"俟译集售去若干,经济可以周转,再图其它可耳"。

为了编辑广友的遗稿,尽可能将秋白的译文收齐,鲁迅以200元从现代书局赎回瞿秋白的《高尔基论文艺集》和《现实——马克思主义论文集》两部译作,并从1935年10月开始编辑工作。一个月之后,30余万字的《海上述林》上卷编就。

《海上述林》这部书,鲁迅是以"诸夏怀霜社"的名义,送交开明书店出版的。意思是"中国人民怀念瞿秋白"。秋白少时曾用名瞿霜。

鲁迅抛下自己的文稿和诸多事务，不管不顾经常咳嗽和发低烧，撑着病体，以顽强的毅力和只争朝夕的精神，编辑校对亡友文集，就连封面设计、选择插图、用什么纸张印刷一类的事情也都亲自负责。病得实在支持不住了，才去看医生。有时喘得透不过气来，还要打强心针。

1936年10月2日，鲁迅收到了在日本印刷的《海上述林》上卷。他认为："我把他的作品出版，是一个纪念，也是一个抗议，一个示威！……人给杀掉了，作品是不能给杀掉的，也是杀不掉的！"《海上述林》的印装非常考究，分平装和精装两个版本，全部用重磅道林纸精印，并配有插图。精装本用麻布做封面，字是金色，书脊是皮的，形式典雅；平装本是用天鹅绒做封面，同样用金字。在病榻上看着编辑精良、装帧优美的《海上述林》，鲁迅宽慰地对许广平说："这一本书，中国没有这样讲究地出过，虽然是纪念'何苦'（秋白笔名），其实也是纪念我。"《海上述林》也确实成为鲁迅编辑的最后一部书。

上卷出版后，鲁迅用大号毛笔写了一份广告，贴在内山书店门旁。10月9日又写了一份书面广告托黄源在《译文》上刊登：

介绍《海上述林》上卷

本卷所收，都是文艺论文，作者既系大家，译者又是名手，信而且达，并世无两。其中《写实主义文学论》与《高尔基论文选集》两种，尤为煌煌巨制。此外论说，亦无一不佳，足以益人,足以传世。全书六百七十余页,玻璃版插画九幅。仅印五百部,佳纸精装,内一百部皮脊麻布面,金顶,每本实价三元五角,函购加邮费二角三分。好书易尽,欲购从速。下卷亦已付印,将于本年内出书。上海北四川路底内山书店代售。

1936年10月19日凌晨,鲁迅逝世。

瞿秋白36载人世游,生前身后,居然能得鲁迅为知己,当可含笑于九泉。

鲁迅、瞿秋白共同的朋友茅盾暮年诗曰:

瞿霜鲁迅各千秋。

瞿秋白与毛泽东

作为中共最高领袖,毛泽东有意无意间与他的战友们保持着一定距离。一般公认的说法是:主席同志与谁都谈不上有什么私交,也极少在公开场合对谁表示过比较强烈的情感。

但瞿秋白似乎是个例外。

以下是瞿、毛关系的11个片段:

1. 20世纪20年代,同为中共早期著名领袖,常州才子与湘中豪俊萍水相逢,饮茶粤海,指点江山,激扬文字,意气风发,惺惺相惜。

2. 1927年,国共分裂,第一次大革命失败。中共何去何从?

面临生死关头的决定性选择。"八七会议"后，得出了结论："工农武装割据——枪杆子里面出政权。"在党内首先实践它的，是中央委员毛泽东；而率先对此作详细理论阐述的，则是已跃居中共主要领导人地位的瞿秋白。

3. 20 世纪 30 年代前期，瞿秋白政治生涯遭受严重挫折，失去领袖位置，并蒙受多重打击；后在上海领导左翼文艺运动。毛创建了中央革命根据地；宁都会议后被排挤，靠边站。

4. 1934 年 2 月至 10 月，同在江西苏区。两人接触最多，关系最好，同病相怜，"臭味相投"。据冯雪峰说："那时，毛主席对瞿秋白很有感情。有一次，他们彼此谈了一个通宵，话很投机，两个都是王明路线的排挤对象，有许多共同语言。后来瞿秋白死了，毛主席认为这是王明、博古他们有意把瞿秋白当作包袱甩给敌人造成的。"瞿当时的秘书在回忆中也提到，两人是当时"最接近的战友"。1936 年国统区出版的刊物《逸经》这样写道："毛于共产主义，初无深切之研究。彼尝谓中国社会，应从实际工作去体认考察，即使不去莫斯科学习亦可以成为'山林中的马克思主义'。自博古等入赤区，渐以剪除其势力，彼乃以中央苏维埃政府主席之名义，退处'元老'地位，得暇即咏吟旧体诗，与瞿秋白相唱和，两人亦最相得。博古等常讥其老气横秋，为非'布尔扎维克的生活'，彼仍我行我素，略不措意，且反讥博古等为'洋房子先生'。"

毛、瞿在党的路线、方针、政策问题上经常观点一致。此

卷三
江山与人

时又同遭排挤，郁郁不得志，个人爱好又颇多相近之处，共同语言很多，关系亲密。他们经常在一起谈论古今中外，在诗和文艺的天地间寻求一种超越当下的别一种境界以求得心灵寄慰。在那种环境险恶、艰苦万状的穷乡僻壤，也幸而有这样一些高才卓学的理想主义者，才得以构成一种绝非那环境中所能设想的精神空间。两人可谓是患难之交。

毛此后多年对瞿另眼看待，念念不忘，以此。

5. 1934 年 10 月，在国军的强大压力下，红军主力开始撤离中央革命根据地，中共中央和中华苏维埃政府也随军撤走。干部、家属、坛坛罐罐，在大军掩护之下，匆匆西行。然而，体弱多病的瞿秋白却不能随军长征，他被留在了即将沦陷的红都瑞金。瞿、毛就此永别。

毛的老师、瞿的副手（瞿任教育人民委员，即教育部部长）徐特立曾当面向毛质询：为何不带瞿一起走？国军很多将领都听过瞿讲课或讲演；瞿身体又那么差，留下来打游击，岂不是送给敌人抓吗？

毛脸色铁青，一声不吭。徐当时很不理解。

后来，徐才知道，毛早已提议带瞿远征，但当时掌权的"三人团"没有同意。

顺便说一句。邓、毛、谢、古四个所谓"毛派小集团"头子，两人获准随军，另两人奉命留守。邓小平得以"跟着走"，终至成为"改革开放的总设计师"，不知是否得益于他曾经留法勤工俭学？谢唯俊后来在陕北战死。留下来的毛泽覃（毛泽东胞弟）和古柏（毛最喜爱、使用起来最感得心应手的秘书长），均在不久后死于国军的枪口。

6. 1935年1月，长征途中，遵义会议召开，毛泽东开始重新掌权。10月，三大主力红军会师。

同年2月，瞿秋白在福建长汀被捕。6月18日，从容就义。

7. 20世纪40年代前期，延安文艺座谈会前后。据毛的秘书李又然回忆，有一段时间，毛常常走来走去，自言自语：怎么没有一个人既懂政治，又懂文艺？怎么没有一个人既懂政治，又懂文艺？又一再拍案叹息：要是瞿秋白同志还在就好啦！要是瞿秋白同志还在就好啦！

萧三、莫文骅等人都有类似回忆。

8. 1950年12月31日，《瞿秋白文集》即将出版，日理万机的毛泽东亲笔为之写了一篇引言：

瞿秋白同志死去十五年了。在他生前，许多人不了解他，或者反对他，但他为人民工作的勇气并没有挫下来。他在革命困难的年月里坚持了英雄的立场，宁愿向刽子手的屠刀走去，不愿屈服。他这种为人民工作的精神，这种临难不屈的意志和他在文字中保存下来的思想，将永远活着，不会死去。瞿秋白同志是肯用脑子想问题的，他是有思想的。他的遗集的出版，将有益于青年们，有益于人民的事业，特别是在文化事业方面。

卷三
江山与人

文虽不长，却颇具感情。在毛的词汇中，这已经算是相当之高的褒奖了。这是党的其他领导人和理论家（包括刘少奇及其《论共产党员的修养》）都不曾得到过的殊荣。

9. 20世纪60年代，"文化大革命"爆发前夕。当时，"借古讽今"的"御用史学"大行其道。先是太平天国后期的中流砥柱忠王李秀成被定谳成叛徒。根据是毛泽东的批语：白纸黑字，铁证如山，晚节不忠，不足为训。稍后，中共早期的领袖和烈士瞿秋白也变成了叛徒，横遭掘墓鞭尸之厄。

10. 1976年9月9日，毛泽东在极度孤独中去世。嗣后，邓公秉政，拨乱反正。瞿秋白被恢复名誉，重新定位为领袖兼烈士。

11. 瞿、毛各有一首《卜算子》词，歌咏梅花。分录如下：

寂寞此人间，且喜身无主。
眼底云烟过尽时，正我逍遥处。

花落知春残，一任风和雨。
信是明年春再来，应有香如故。
（瞿秋白）

风雨送春归，飞雪迎春到。
已是悬崖百丈冰，犹有花枝俏。

俏也不争春,只把春来报。

待到山花烂漫时,她在丛中笑。

(毛泽东)

词的意境、风味完全不同。大抵前者是文人之词,令人想起秦少游、晏小山、陆放翁。后者是豪杰之词,令人想起黄巢、宋江、洪秀全。至于艺术上的高下,见仁见智,无待烦言。

一言以蔽之:瞿秋白与毛泽东虽曾是同路人,但本质上差别太大,完全是两种人。

瞿秋白本质上与鲁迅更为接近,但也有相当距离。作为文人、领袖、烈士,他是一个孤立而独特的存在。

艰难吾道此身孤。他没有真正意义上的同志。

尾　声

2005年深秋的一天,几条汉子扛着复杂的大脑和沉重的肉身,穿越万水千山,来到闽西小城长汀。午后,寻到瞿秋白殉难地罗汉岭现场考察,偿还了一桩夙愿。心里的一块石头,终于落地。

这里现在已是城区,紧靠主干道,正在大兴土木,与秋白就义前所言"此地甚好"时的景观已变化极大,迥异其趣。瞿秋白纪念碑,也与其吊诡的命运相浮沉,建而又拆,拆而又建。

孟庭苇唱道:"我听说:开始都是真的,后来就慢慢变成假

卷三
江山与人

的。"感情犹然。革命犹然。何况山水。马克思主义经典作家不是早有"异化"一说吗?

毕竟,整整70年过去了。

秋天的阳光已失去了热力,一棵棵树影散漫地洒在草坪上。衣着入时的漂亮女孩骑着摩托车从路边昂然掠过,长发飘飞。小商贩推着小车,清脆地吆喝着。南归的雁群在一碧如洗的秋空上悄然而飞,一会儿就看不见影。偶然送来一声失群孤雁的哀鸣。

风比较凉了。讨论很是热烈,然后是长久的沉默。

凤凰。长汀。沅水。汀江。文学。政治。历史。现实。沧桑感。先进性。水。舟。釜。薪。旅游。长征。读书。天涯。改良。革命。效率。公正。原生态。现代性。显赫。永恒。沈从文。黄永玉。汪曾祺。郁达夫。瞿秋白。杨之华。丁玲。毛泽东。周作人。鲁迅。霸业原如春梦短,义章常共大江流……

夕阳西下,长庚星出现。

我突然大喊了一声。朋友问:你喊什么呢?我说:我也不知道。但我就是想喊一声。

我长吁了一口气,不知今夕何夕。

2005年11月21日完成初稿。

2012年1月31日改定。

2019年3月14日,己亥二月初八,略予修订。

2020年7月22日,重游长汀,感慨系之。

从井冈山到九疑山

2002年7月19日 / 星期五 / 晴

中午独自在赣州虔城大酒店用餐。菜肴依旧做得很是精致，但吃起来全无感觉，没滋没味。

下一站究竟是去武夷山呢，还是井冈山？回房间后掷硬币决定吧。

结果是上井冈山。那就是它了。

打的到汽车站。乘下午1点20分的大巴去井冈山市（茨坪）。途经通天岩、遂川县城，傍晚6点45分抵达茨坪车站。

一路无话。虽是简易公路，倒还好跑。田野风光不错，怡红快绿，看上去比较养眼，让人想起范石湖、杨诚斋的诗句。

很多这样的标语：井冈山两件宝，历史红，山林好。历史红当然没得说，毛泽东的腾兴之地，早有天下第一山之称嘛。山林好也是确实的，到处草木扶疏，郁郁葱葱。

旅途务必带足饮用水。该拉该撒亦应及时解决。进出问题不"安顿"好，可不好受。

车上人不算多，还没坐满一半位子。其中有两个广州佬，三个江西妹子（1+2。于此还有后话，可谓无巧不成书）。广州佬一望而知是来旅游的。几乎什么行李都没带的几个妹头是干什么行当的？饶是本人走南闯北见多识广，一时还是猜不出。

旅店拉客的队伍很是壮观。我对此一概不予理睬。

边走边看。游客不少。入住南湖山庄。这儿位置好，性价比不错，方便，也还舒适。花5元请服务员代洗衣服。外出吃晚饭。打了几个电话。

有点疲劳。饭余就不安排什么节目了，早点休息。

七月炎天，在井冈山，晚上却要盖被子。没想到这里避暑不亚于庐山。

半夜下起雨来。梦里不知身是客。心绪落寞。

7月20日 / 星期六 / 雨

井冈山景区旅游实行一票制。统票100元，可游览所有景点，限期3天。景点很分散。虽然公路四通八达，却没有公交车，如果像我一样不愿加入旅行团，就得自行解决交通工具。于是另花80元包了一辆面的。

先后到红军制币厂、百竹园、黄洋界等处。

黄洋界看上去实在很平常。既不巍峨，又不险峻，毫无惊心摄目之处。盛名之下，其实难副。世间事物，往往如此。朱德题写的纪念碑也是大路货。

但无论如何，黄洋界都可算是井冈山的标志和胎记。毛泽东对井冈山情有独钟，跨度近40年间，为它写下过3首词，无一例外都提到了黄洋界。这绝非偶然。或许是因为当年的黄洋界保卫战取得胜利对坚持井冈山的斗争具有重要意义吧。最初总是令人难忘的。

有一架应景的旧炮。路边小展馆正在进行贺子珍事迹展。

随后游览大井。此间是井冈山腹地。万山丛中夹着一块小谷地，参差错落着数十户人家，水清林密，松竹纷披，鸡犬悠然，主峰在望，是个相当不错的去处。如果不是时或来去的旅行人车打破它的宁静，倒是颇有几分世外桃源的况味。我忽然想，在这里找个适合人家小住数日，暂时抛开滚滚红尘中种种琐屑，彻底放松休憩一下，一定会很有意思。

大小五井是井冈山得名的由来，也是当年王佐绿林军的大本营。毛泽东率领秋收起义余部上井冈山落脚的第一个村子，就是大井，还真有眼光。朱德、陈毅入伙后，也都在这儿住过，朱德的房间比陈毅的多一张竹躺椅。很多游客在这里着红军装佩枪骑马，摄影留念。样板照中，我看到了号召股民"咬定青山不放松"自己却溜之大吉的东方趋势掌门赵笑云。

中午花20元在大井"红军餐馆"包餐。烟笋红烧肉味道不错。

下午游水口，观赏彩虹瀑。这是井冈山的主要景点之一，

卷三
江山与人

有点类似于三叠泉之于庐山。曲径通幽,飞珠溅玉,界破青山,山鸣谷应。尚可一观,但不足为奇。

天公不作美,下起滂沱大雨。我撑了雨伞,披了简易雨衣,浑身上下还是淋了个透湿。不清楚究竟像不像落汤鸡或者落水狗。也不知过了多久,总算回到水口景区大门口。找到阿召的摊位,要了两根黄瓜一瓶水,边吃边喝边聊天。

像其他景区一样,水口也有一排摊位,多是卖土特产纪念品什么的。但阿召不,她卖黄瓜,两元一根。这个20来岁的妹子就像她卖的黄瓜一样壮实。不过人倒是很伶俐。

去时,她向我招徕生意,吹嘘她的黄瓜如何无公害,如何脆嫩可口,如何吃了还想吃不吃是损失。当时刚吃过饭,肚子圆圆,我便说回来时一定光顾。她半信半疑。看见我果然说到做到,她很开心。

阿召说她是本地人,家在大井,开了个餐馆。她在深圳蛇口打过工,还当过拉长呢。刚回家几个月。

我心里一动,问大井好不好租房。我的条件是:

1. 风景、环境好。
2. 干净、爽利、方便、安全。
3. 房东为人不错,最好识文断字,知书达礼。

价钱好说。可以面商。如果成功,我将给她100元中介费。

她拍着厚实的胸脯用白话说：冒问题，都包在俺身上，费用的不要。

原没打算在井冈山久待的。说定明天给我回音，以定行止。阿召有手机，互留电话号码。阿召比小成好玩得多。

我不大喜欢面的司机小成。吞吞吐吐，别别扭扭，蔫蔫秧秧，不像一爷们儿。他只负责定时接送我，其余时间尽可自行揽客。

黄昏到井冈湖。眺望主峰，云雾缭绕，看不分明。

傍晚参观毛泽东茨坪故居。没什么名堂。

倒是最后进去的井冈山革命博物馆颇具内容与规模，值得一看。我一反走马观花的态度，看得很仔细。买书一本。

少时即知闻井冈大名，《井冈山下种南瓜》的儿歌至今还会哼。及至登临游览，却在雨中。细想却也别具一番风味。

7月21日 / 星期日 / 雨转多云

上午参观北山烈士陵园。碑林一般。雕塑园稍具匠心。纪念碑所在位置较高，可俯瞰井冈山市区（亦即茨坪）全景。

井冈山是中华人民共和国开国精英的发源地和大本营。以1949年为界，死者：卢德铭（这位年仅22岁的黄埔二期生、秋收起义总指挥、毛泽东的第一个军事指挥方面的伙伴，甚至未及上山就在半路上中伏身亡）、王尔琢、宛希先、朱云卿、张子清、何挺颖、伍中豪、王良、袁文才、王佐、黄公略、邓萍……

卷三
江山与人

生者：毛泽东、朱德、彭德怀、林彪、陈毅、罗荣桓、粟裕、谭政、谭震林、何长工、陈伯钧、黄永胜、杨得志、赖传珠……

江山如画，一时多少豪杰！

我注意到，赖传珠是参加过井冈山斗争的唯一的江西籍（赣州人）上将。元帅、大将都没有江西人，多为两湖、四川人氏。这一点很是耐人寻味。

随后游龙潭景区。小情小景，马马虎虎。倒是漫山遍野的井冈翠竹看上去赏心悦目，给人以深刻印象。

至此，井冈山的主要景点算是走马观花都跑到了。还是世外桃源般的大井最合我意。

我是不是该安静地走开，还是该勇敢留下来？

如果租房事没有结果，就选定下一站，随时上路。

午餐后回到旅店小憩。后与美容院的老板闲聊，听他扯谈生意经。他说烟草公司开办的金叶大厦最为热闹，比较好玩。

到汽车站，了解去湖南、福建方向的汽车班次。心里有了底。

去新华书店。没什么书好买，就随意闲走，一路溜达。

在新村一个肮脏简陋的小店，居然邂逅了1+2的1。她身上散发着劣质化妆品刺鼻的气味，面色浮肿，头发散乱，睡眼惺忪，一看便知道过着颠倒黑白的生活，刚刚起床。这个看上去老老实实很能吃苦的女孩果然是从事那种特殊职业的。

略谈。她们面临来自各个方面的欺凌与侮辱，生存环境相当逼仄和恶劣，心理预期也很阴暗，对入世与人生都看得很惨淡。给了她 10 元。

推己及人,想起鲁迅日记中的有关记叙及批鲁家们的心解,又想起方舟子的名文《淫者见淫》,不觉莞尔。1 如此,2 呢?也不难推想。但恐怕难以证实了。没想到的是,无独有偶。

金叶大厦果然气派非凡,人声鼎沸。三楼是夜总会,美容厅则设在一楼。令人啼笑皆非的是,我在这里居然真的又碰到了同车上山的 1+2 的 2。要知道,茨坪虽然也就巴掌大个地方,大小宾馆可不下数十家呢。也算是缘分。

个头稍矮、染着赭红色短发、丰满性感的那个小妹先看到了我,过来打招呼。我一边与她敷衍,一边往近旁看。果然,模样俊俏、身材挺拔、鼻子高挺、长发飘飘,不惟没有丝毫风尘气息,甚至可以说相当清爽纯朴的另一个女孩,双手绞着、面色白里透红,静静地站在那儿,向着我微笑。

并没有猜想得以证实的快感,也缺乏意外重逢的欢欣。我忽然觉得很难过,甚至愤怒。心中有一种莫名的悲哀。

独自到大厅小坐,整理了一下茫乱芜杂的心事。然后点燃一支烟。

黄瓜妹阿召几次来电,事情一波三折。本想放弃,明晨离开井冈山。但阿召力劝我亲自过去看看房子,并与房东面谈,成不成另说。于是决定包车再去一趟大井,再定行止。

黄昏到大井,由阿召做向导,看了几处房子。觉得邹水明家最为合意。与邹氏夫妇面谈。最后敲定食宿全包每月 660 元。

卷三
江山与人

以实际住的天数计算。就是这里了。

给阿召中介酬金100元。她稍作推辞后，还是高兴地收下了。她也有一种成就感。后来我才知道，她其实并非大井本地人，家在山下遂川县城；在大井开饭馆的，也不是她家，而是她舅舅；房子也并不是她舅舅的，他只是租了一层楼做生意。据水明的妻子阿香讲，阿召对她说，我是她在深圳当拉长时认识的朋友。这中间七七八八的名堂看来还不少呢。但都可以理解，无伤大雅。

我的房东是一个六口之家。邹老夫妇年近古稀，身子骨还硬朗，田间家务，均能劳作。邹老原来当过村里的保管、会计，曾在1992年当地政府举办的"致富竞赛"中获奖。客厅悬挂着用玻璃镶嵌着的奖状，可见老人很重视这一荣誉。老太太娘家在朱砂冲，说话嗓门很大。

男主人邹水明42岁，在大井林场做电工。朴实，能干，也有心眼。女主人阿香个子不高，其貌不扬，人比较精明好强。她也在水口摆摊，与阿召很熟。这对夫妇每月各有300至400元收入。

他们有一双儿女。弟弟阿斌看上去挺伶俐，自尊心也强，喜欢看电视。他马上就要去茨坪上初中了。女儿阿莉18岁，在井冈山中学念高三，住校。学校正在补课。后来我看过她的几篇作文和札记。这是一个内心丰富而情绪茫乱的女孩，似乎比较脆弱，毅力方面有所欠缺。少年的心，天上的云。那是年青人特有的情怀与恍惚。

邹家独门独院,地势高敞,位置极佳。主体是一栋砖混结构的二层楼房,每层约120平方米,水明自己镶的本地产实木地板。我住的二楼主房本是阿莉的卧室,窗明几净,素洁清雅。窗外正对井冈山主峰——五指峰——就是老版百元人民币背面的图案。窗旁翠竹摇曳,松风阵阵。前方约100米,有一道清澈的小溪,日夜奔流不息。再往前约200米,即是朱毛大井故居,距公路大约100米。沿公路往南约350米,是大井小学。旁边有一个茶庄。

邹家电视(有闭路,水明另外还自装了卫星电线)、电话、收录机、沙发、煤气、沼气(自置)、自来水(自置)、摩托车、洗衣机、厨房、厕所、冲凉房……一应俱全。而且干净、适用,布局合理。

门前植有桂树、李树、杨桃树、冷杉、黄杨木。还有君子兰、茉莉、吊兰等花花草草。房后小山上的经济类作物则有梨、栗、猕猴桃、厚朴。小院左侧还有一供锻炼用的单杠。

他们养有牛、羊、猪、鸡、鸭、鹅、猫、狗、鱼(附近有一口鱼塘),还有蜜蜂。当年曾经很喜欢苏童一个不大为人注意的中篇《你好,养蜂人!》,现在却连情节都忘了,但仍然留有一丝意绪。

如果说有什么美中不足,就是少了一盏台灯。另外,无公交车,去茨坪(约4公里)必须打的。

卷三
江山与人

在这样一户农家小住,不是我多年来的梦想之一吗?于今实现了。某些方面甚至比预想的还要好。

打了几个电话,有所知会和布置。现在可以彻底放松,尽情享受一番山居田园生活了。

陈水扁本日正式出任民进党主席,权力得到进一步巩固。

7月22日 / 星期一 / 五花天

近日略有点乏。今天终于得到很好的休憩。

房东原先担心我吃不惯他们的饭菜。其实恰恰相反,我觉得挺好,基本满意。一日三餐,每餐三几个菜,要么带荤,要么有炒鸡蛋、烧豆腐之类,菜肴都很新鲜干净。偶尔有汤,口味也不算重。只是每款菜必加辣椒,土产辣椒却也并不太辣。我每餐吃一小碗米饭还要再添加半碗,晚上与男主人一起喝点啤酒。居住适意,伙食也不是问题。还真找对地方了。

黄昏外出散步。江西消防部队援建的大井小学放了暑假,空寂无人。要是有老师在,聊聊天、打打球什么的,肯定是赏心乐事,尤其要是有漂亮的山村女教师相伴的话。

学校旁有一家新开张不久的"竹雨轩"茶庄。白天招徕游客饮茶、买茶叶,喧哗热闹。晚上就很是寂寞。领班阿花是个颇有些历练、相当成熟精干的女子,福建武夷山人,已入道做茶多年。她谈起茶道,滔滔不绝,如数家珍,却又滴水不漏。

她又极力游说我往游武夷山,把她家乡的景致吹得天花乱坠一塌糊涂。但也承认那儿夏天比较炎热,远不如山深林密的井冈山清凉可人。

阿召送我一双千层底布鞋——大约是花了10元钱在摊点买的,托阿香转致。小妹也算够意思了。

晚阿莉回家,带来清新气息。她读文科,基本还是个孩子。深沪股指终于选择向下破位。

7月23日 / 星期二 / 五花天

午后兴起,写了一封6页的长信,一气呵成。记不清有多少年没写过信了。发信估计得去茨坪。

黄昏散步,走得较远,曾至下井。

大井村里还有一两栋近年新建的砖混结构楼房看上去还不错。路旁另有一栋比较气派的3层楼房,正在装修。后来听说房主就是阿香的幺妹。水明一大家人在此地之殷实出群,得以确证。阿香说,她有个姐夫是中山大学教授,地理专业。

途经双马石养道班,进去转了转,并与班长王小军聊天。王原籍贵州,但父祖辈早已在井冈山落户。他的妻子也在水口景区摆摊,有一个3岁多的女儿。已在茨坪买房,不过较少回去住。这里有几头猛犬。

道班共有七八人,月收入700到800元,人均每月生活费则不到 100 元。我到他们的办公室和住所看了看，陈旧，简陋，拥挤。但他们心态平和，知足常乐。王班长非常热情。

晚阿召来电，说她姐姐来了，请我有空过去玩。

又接了几个长途。有朋友艳羡洒家的山居生活，恨不得飞过来分享呢。哈哈。

夜间天色转好。云开月出，清辉临窗，竹影横斜，凉风习习。

读了两篇舍伍德·安德森的《小城畸人》。这是一本饶有意趣的小书。实际上，安德森本人就是不折不扣的"小城畸人"。记得福克纳就很羡慕和推崇他的生活与写作方式。

永怀愁不寐，松月夜窗虚。

7月24日 / 星期三 / 晴转五花天

昨天大暑。山下早就热浪滚滚了，山间却是这般清凉宜人。今天农历六月半，正当月圆之夕。

读书，看报。随身携带的书报差不多要读完了。

傍晚散步，曾到大井希望小学，本想能碰见个把老师，借个篮球、羽毛球或乒乓球什么的打打玩。但老师都放假回家了，一个不剩。几个住在那儿的人都不是学校的员工。

又到竹雨轩茶庄，与阿花等聊天。茶道班共有 7 个女孩，除两个湘妹子外，其余均为福建籍，本地乃至江西的居然一个都没有。

她们对这种重复枯燥寂寞冷清的营生似乎也都安之若素了。究其原因，主要还是就业艰难，赚钱不易，饭碗不好找。花样年华的女孩子，谁不向往新潮时尚的大都市生活呢？但正如阿花所说，万事万物都要机缘。

此间有一套卡拉 OK 设备，质地甚差，但可以唱歌、放碟。这给姑娘们带来不少乐趣。她们喜欢唱情歌，看鬼片。

回程正好碰到阿召和她的姐姐阿玉。阿玉在河南一间大学学习平面设计，英语四级尚未过，深感压力沉重。黑暗中没说几句话，李氏阿婆来寻我回去吃晚饭。于是匆匆告别。

在大井唯一的小店买了点花生、雪饼之类小食，聊佐口荒。价格似乎还公道。老板娘是湖南人。旁边的铜像店也稍带卖一些书，主要有两类：革命战争历史题材的；最新流行的。居然也有盗版。几家餐馆基本只做中餐游客的生意，夜间门可罗雀。

圆月还是露了一会儿脸，但很快被密云笼罩。

稍感寂寞。

7月25日 / 星期四 / 阴转大雨

写了一份备忘录。

午后下起大雨。黄昏稍息。

散步。阿召找到我，说有顺风车去茨坪，力邀我一起去玩。反正没事，连日下雨，也正有点闷，就答应了。阿召带几个伴当去市场买衣服和日用品,逛超市,乐此不疲。

我则与她姐姐聊天。

阿玉明年就要毕业了。她不愿回江西,也不想北上京津,而打算南下深穗找一份工作。

这对同胞姐妹差别甚大。姐沉静内向,文雅清秀;妹粗犷奔放,热情大方。姐似乎不太擅长言辞和交流,还略带羞涩;妹则很会来事。姐姐一望而知是学生;妹妹则整个像一生意人,虽然她现在只是卖卖黄瓜。唯一相同之处是个子都不高,皮肤稍黑。她们家在山下遂川,父亲是司机,还有个上初中的小弟,据说很顽皮,颇让一家人苦恼。

阿玉身穿一套黑色衣裙。她的眼睛清澈明亮。

请大家吃了顿夜宵。皆大欢喜。又下起倾盆大雨。

本想去一趟金叶大厦,但忽然感觉很烦躁。嗒然兴尽,废然而止。花自飘零水自流,多情不过应笑人早生华发罢了,每个生命个体都有其独特的思维方式和运行轨迹。

回到大井,已近午夜。回水明家休息。

感受复杂。睡得很晚。

7月26日 / 星期五 / 大雨

昨夜睡眠质量很差,颇感不适,还感觉有点冷。早晨向邹水明借了一件大号外套穿上。经过调整、休憩,午后逐渐恢复。

全天大雨，没有出门。读《卡夫卡日记》。

与水明聊天。原来他还放过十年电影呢。他跟我1997年6月在四川巫山大昌镇平河村马渡河边（"小小三峡"漂流起点）的那个房东，确乎很相像。我对他们挺有好感。

风狂雨骤，电闪雷鸣。

独自细品自我放逐的况味。

7月27日 / 星期六 / 雨转阴

午夜右下腹剧痛难忍，疑是阑尾炎。如果严重，要在此时此地做手术，那就太不美妙了，感觉痛苦、不安。一度拟打长途告急并知会水明。后强力宽解，勉强睡了一会儿，出了很多汗。

晨电一个业医的好友，有所咨询、安排，以求心中有数并万无一失。心绪稍安。中午，由水明引路到在大井悬壶的一个湖南籍乡医处购药。还好，朋友说的两种药——头孢氨苄胶囊（即先锋IV）和氨苄青霉素胶囊都还有。打吊瓶用药则没有。这里十分简陋，卫生条件太差，也不宜打。服药试试看。好了，即罢；不好，则去茨坪的井冈山市医院看医生。

乡医是一个年轻的中专毕业生。大井人口这么少，又闭塞，为什么来这里行医呢？回答是：他的家乡是湘东大山区，更加偏僻封闭；在这里有亲友。原来如此。

中午服药后休息。

卷三

江山与人

　　午后雨算是停了下来。水明骑摩托去茨坪买菜、换煤气罐、接回阿莉。顺便代我买回据说已是最后一份的当期《南方周末》。

　　并无恶心、呕吐症状，大便正常，也没感冒，精神其实也不差：阑尾炎的体征并不是很符合。问题集中在右下腹，触、放都有明显痛感，但也不太强烈。食欲则大为减退。应该不会有什么大问题。

　　天气一直不太好，令人烦闷。

　　情绪低落，郁郁寡欢。

　　值得欣幸的是股市终于下跌了。

　　上周股指逆天行事，强行上涨，收一阴四小阳，煞是好看。但成交量始终不能放大，上攻乏力；那么，高位天量横盘达一月之久，终非吉兆。不进则退，向下破位寻求支撑，就成为必然选择，只是一个时间问题而已。

　　果然，本周一，长阴破位，嗣后连收四阴，大盘明显转弱，"6·24"入市者近乎全线被套，并在中期头部累积了天量。股评众口一词，认为沪指1650点附近有强支撑。我看未必。即使政策面支持，充其量也不过以1650点为中轴，在一个1800点到1500点的箱体上下游弋、来回震荡罢了。期望大涨是不现实的，市场机会现在其实很匮乏。空仓观望是最佳选择。如政策面保持平静（更别说偏淡了），股指就此转势一路下行乃至创出1999年"5·19"行情以来的新低，也没有什么好惊奇的。中国股市先天不足后天失调，问题实在是多不胜数。

现在，朋友们开始佩服我力排众议的先见之明了。半个月前，他们还认为我过于保守呢。此一时彼一时也。其实，我坚定看空，适时获利了结沽空变现，并釜底抽薪，将全部资金从保证金账户转入银行账户，这样做并不容易。当时赚钱效应浓厚，相互感染，气氛趋于疯狂。大量追加投资乃至巨额短期透支的，也不乏其人。而今却又如何？近日老蔡等人来电，都叫苦不绝。

梁某虽然自我感觉良好，但自知之明还是有的。我确实比较冷静，意志力也比较强；但并非神仙，怎么也不可能未卜先知。只有我自己知道：是当期《财经》上胡舒立的卷首语《"6·24"不是"5·19"》，帮助我坚定了自己的判断，并促使我下了最后的决心。要不也不会有这次旅行。

荀子曰：君子性非异也，善假于物也。旨哉斯言！

做股票的唯一诀窍在于适时进行钱票转换。并且要绝大多数时间坚定持币，坚决放弃一般性机会。当然，知难，行亦不易。

欧美发生股灾。道指一度跌至7700余点，纳指跌至1200余点。德、法、英股指也随之迭创5年以来的新低。日股、港股双双跌穿万点大关。

万绿丛中一点红。至今仍在年内高点附近磨蹭的深沪股市，实在也像中国经济一样，称得上是"一枝独秀"了。

借问君去何方？不妨拭目以待。

卷三
江山与人

7月28日 / 星期日 / 晴

少有地放了一天晴。身体也逐渐复原。精神转好。

打了几个电话,告知身体已经痊愈,以释远念。

中午洗头洗澡,酣畅舒爽。

想起江山岁月,事功文章,心中有些感慨。

这些年已经很少看小说之类的文学作品了。忙于俗务并不是全部原因。主要还是作家,尤其是当代中国作家,实在太过缺乏精神质度。垃圾堆中装的当然基本都是垃圾了。

真正伟大的作家与作品会与人的灵魂纠缠为一体,像阳光、空气和水一样,成为你生活乃至生命中不可分割的要素,化成你自己的血肉。比如 Franz Kafka。

卡夫卡,这个敏感脆弱的"最瘦的人",这个抑郁自闭的保险公司小职员,这个形影相吊、没有婚姻和家庭的孤独者,这个漠视名利和身外的世界、只忠实于自己内心的天才,他深味了无边的地狱般的黑暗,自燃自焚,化为烛火,示人以温热,以他此生肉身的苦难和精神的煎熬,为人类奉献出最精良的文学作品。卡夫卡是不幸的,而读者有福了。这是一种怎样的悖论呢?

卡夫卡说:

没有人能唱得像那些处于地狱最深处的人那样纯洁。凡是我们以为是天使的歌唱,那是他们的歌唱。

不停地想象着一把宽阔的熏肉切刀,它极迅速地以机械的均匀从一边切入我体内,切出很薄的片,它们在迅速的切削动作中几乎呈卷状一片片飞出去。

卡夫卡说:

善在某种意义上是绝望的表现。
所有障碍都在粉碎我。

卡夫卡说:

它犹如与女人们进行的、在床上结束的战斗。
我基本上同女性没有过深厚的感情,只有两次例外。
我经过妓院就像经过所爱者的家门。

同女人在一起生活是很难的。人们这样做,那是陌生感、同情心、肉欲、胆怯、虚荣逼出来的。只有深处才有一股溪流,它才称得上爱情,这爱情是找不到的,它转眼即逝。

对于两情相依的幸福,性交是一种惩罚。要让我有可能承担婚姻,那只能尽可能过禁欲生活,比单身汉还要禁欲。可是她呢?

卷三
江山与人

卡夫卡说:

人的本质……无非就是(渴望)被人爱。
精神只有不再作为支撑物的时候,它才会自由。
……

多年前初读《变形记》,那种直迫灵台如受电击的震撼,那种痛楚难言茫然不知所以的错愕,记忆犹新。只有极少数作家,如陀思妥耶夫斯基,使我产生过类似的阅读感受。博尔赫斯就不能,更别提昆德拉之流了。

与我一样,卡夫卡也特别喜欢克尔凯郭尔。克尔凯郭尔写道:

什么是诗人?诗人就是一个不幸的人,他的内心充满很深的痛苦,然而他的嘴唇却具有奇异的构造,当呻吟和哭泣的声音通过他的嘴唇时会变成令人销魂的音乐。

午后闲步。又到茶庄小坐。请准领班阿花让小宋陪我散步聊天。看山花野草,听鸟语虫吟。天高云淡,心旷神怡。

小宋还不满20岁,伶俐爽朗,清纯俊秀。我每次去茶庄,她的笑靥总是格外舒展。

听她侃茶经。她入行才3个月,自我感觉还过得去。说话也远比老江湖阿花实在。

每月底薪约600元。散客（4人以下）与团队消费，按3%提成。导游带客入内即有分成。品茶免费，赚钱的诀窍主要在于诱导游客买茶叶。以小引大，小赔大赚。而茶庄其实是没有什么好茶叶卖的，利润惊人。

原来如此。这是一个经济不景气中逐渐趋旺的行业。门内一条虫。看来，闽人就是会钻空子，得风气之先。一笑。

小宋喜欢读书、唱歌、旅游。听她哼唱《我想去桂林》《江山多娇》，背诵《山路》《如果》《一棵开花的树》，如饮甘泉，如沐山风，真是一种绝佳的享受。

由《我想去桂林》，谈及旅游、时间和银两。我说，现在对于我而言，银子和时间，也许都不是大问题。只是，早非惨绿少年时，一些曾经很热衷的事情，水流风逝，时移景迁，已经缺少心绪啦。

两人好半天默然无语。

一个非常愉快的山间夏日的下午。又得浮生半日闲。

晚上事情就来了。一连接了好几个电话，都是催我回去的。

托邹家代购一只土鸡，拟煲汤喝，稍补体力。水明家没有适龄土鸡。野味则要到冬天才较易得手。

走还是留？这是一个问题。

卷三
江山与人

7月29日 / 星期一 / 雨转晴间多云

昨天好不容易晴了一天，白天骄阳似火，夜晚星光灿烂。甚好甚妙。今晨却又下起大雨。

忽然感到很厌烦，心绪恶劣。不想再留，去意顿坚。后来雨势衰减，天色转晴。但去意已决，无可挽回。一度想下午就动身。后来还是觉得不必过于匆遽，明日启程便是。现在的问题是走的方向。

在桃源胜景逍遥自在一个月看来已是一种奢望。但事情也不至于急迫到要我立马回深亲力亲为的地步。大概还可在风雨江山间盘桓流连约一周时间。那么，下一站去哪里呢？

经过仔细考量和图上作业，决定去湖南宁远九疑山。

经砻市（宁冈）、炎陵（酃县）、桂东、资兴到郴州，看看苏仙岭、三绝碑；再经桂阳、嘉禾到宁远，往游九疑山，偿还另一萦绕心头多年的夙愿，做一个了断。这一路线较偏，纵贯湘南，以后重走的可能性较小。至于福建长汀及武夷山，相对比较方便，机会多多。若无意外稽延，至迟可在8月8日立秋前返回深圳。

上午打了几个电话。一切OK。

午后续写备忘录。后沉思良久。此番不能在这里待得更长一些，彻底抛开滚滚红尘的喧嚣劳碌，静心阅读和认真写点什么——譬如《精神与肉身：我的1997》，是不无遗憾的。不知要拖到什么时候了。

换胶卷。收拾行装。

黄昏散步。先后到鸿达酒家和竹雨轩茶庄,与姑娘们闲聊,也算是告别吧。她们赠送了我相片和其他一些小纪念品。阿召反应平淡。阿玉已下山回家,稍后将返校。倒是阿花对我的决定有些意外,表示惋惜。小宋明亮的眼眸中似乎蒙了一片潮。她和小吴没说多少话,只是静静地听和看,听起来聚精会神,看起来目不转睛,要走时一再挽留……她要去了我的电话和邮箱。

阿花带我上三楼看了看她们的工作和居住环境。比预想的还要简陋和艰苦。世事艰难,大家都不容易。如茶庄生意近期无大的起色,阿花等5人拟返回武夷山工作。

茶庄的7位姑娘为我在此间寂寞的山居生活带来了欢笑与活力。在此感谢她们。

入夜,回邹水明家吃饭。我提出明天去湖南,这就是最后的晚餐了。他们平静地接受了。根据他们的要求和自己的一贯风格,我坦率地表明了对这一家人的观感,并致谢忱。他们一家人,尤其是水明本人,都很高兴而满意。我诚心诚意把他当作了自己的朋友。后会有期。

我对邹水明印象很好。他相貌周正,亲切随和,朴实能干,多才多艺,有心计,不卑不亢,说话算数,话不多不少——你既不会觉得他闷,更不会认为他饶舌。以梁某之挑剔与观察力,也不得不承认:此人几乎没有太过明显的缺点。

> 卷三
> 江山与人

阿香身材矮小，其貌不扬；但勤劳精明，而且显而易见地争强好胜。只是有时令人稍觉生硬。独在异乡为异客，毕竟所望的是亲和。

老伯接触不多。阿婆还会扮神婆，弄弄迷信活动。难怪她嗓门那么大。

井冈山就是这样：领袖画像下面就是神龛。似乎这尽可并行不悖。

土鸡居然没有买到（12元1斤）。对此地经济之自给自足的小农性质了解进一步加深。邹家有12亩田地，人均2亩。自耕6亩，一年种一季庄稼，亩产仅500斤左右，粮食即可自给。另6亩租给外地人种花草。大米饭是绝对主食。很少吃稀饭，更少面食。任何菜肴都喜欢放些辣椒。

另据他们说，所谓土特产基本都是外地货，不必买的。

晚琪子自浙江桐乡来电，谈其工作与婚恋达半个多小时。

夜间忽下暴雨。掀窗穿堂，风急雨骤。

就要离开井冈山了。

睇照片，听雨声，想心事，耿耿难眠。

7月30日 / 星期二 / 五花天

19日上井冈山。21日入住大井邹水明家。按10天算，结清账款。

上午，水明驾驶他那辆已经颇为陈旧的"洪都"摩托送我到茨坪。发出给远方友人的信件。在"高子超市"买了几瓶饮料。然后到汽车站，购9点50分井冈山（茨坪）到宁冈（砻市）的中巴车票。车快开时，与井冈山人邹水明握手告别。

准时发车。途经黄洋界、茅坪等地。云端高路，浮想联翩。

井冈山位于江西省西南部，地处湘赣两省交界的罗霄山脉中段，东连江西泰和、遂川两县，南邻湖南炎陵县，西靠湖南茶陵县，北接江西永新县，是江西省西南的门户。井冈山山势高大，地形复杂，连绵500余里，主要山峰海拔多在千米以上，最南端的南风屏海拔2120米，是井冈山地区的最高峰。

井冈山山高林密，沟壑纵横，层峦叠嶂，地势险峻。其中部为崇山峻岭，两侧为低山丘陵，从山下往上望，巍巍井冈就如一座巨大的城堡，黄洋界等五大哨口是进入城堡的必经之地，号称"一夫当关，万夫莫开"。1927年秋，毛泽东、朱德等中国共产党人率领中国工农红军，在这里创建了第一个农村革命根据地，为中国革命开辟了一条以农村包围城市、最后夺取城市的正确道路，22年后，当年从井冈山汇集奔涌出的洪流蔚为大观，势不可当，终于淹没秦淮河，进据中南海。因而井冈山素以"革命摇篮"而饮誉海内外。井冈山和大别山是中国革命最大、最重要、最著名的两个山头。

井冈山不仅"历史红"，而且风光秀丽。风景名胜区面积达213.5平方公里，分为茨坪、龙潭、黄洋界、五指峰、笔架山、

卷三
江山与人

仙口、桐木岭、湘洲八大景区，有景点 60 余处，景物景观 270 多个。雄伟的山峦，怪异的山石，参天的古树，神奇的飞瀑，磅礴的云海，瑰丽的日出，烂漫的杜鹃，奇异的溶洞，令人心旷神怡，流连忘返。这里夏无酷暑，冬无严寒，春赏杜鹃，夏观云海，秋眺秀色，冬览雪景，是观光游览、避暑疗养、科学考察、历史研究的上佳去处。1982 年，井冈山被列为国家重点风景名胜区；1991 年被评为"中国旅游胜地四十佳"。

毛泽东对井冈山可谓念念不忘，情有独钟。

东坡诗曰：人生到处知何似？应似飞鸿踏雪泥：泥上偶然留指爪，鸿飞那复计东西！

离开瑞金、长汀、遵义、延安、西柏坡后，毛不再反顾。除了故乡韶山，他也就回过井冈山，而且先后以井冈山为题写下过 3 首词。这更是绝无仅有的。

早期的《西江月·井冈山》和晚期的《水调歌头·重上井冈山》久为人传诵，就不去说了。我更关注的是毛身后数年才得以正式发表的另一首词——信息量很大，透露出的心事很多：

念奴娇·井冈山

参天万木，千百里，飞上南天奇岳。
故地重来何所见，多了楼台亭阁。
五井碑前，黄洋界上，车子飞如跃。

江山如画，古代曾云海绿。

弹指三十八年，人间变了，似天渊地覆。
犹记当时烽火里，九死一生如昨。
独有豪情，天际悬明月，风雷磅礴。
一声鸡唱，万怪烟消云落。

一九六五年五月

……

车开了。邻座是一中年汉子，宁冈人，曾在深圳横岗打工，现在茨坪摆摊做小买卖，赚点游客的钱。这人非常热情，也十分健谈。他说，本地基本没有工业，经济落后，只是土质好，甚至好过景德镇，适合发展陶瓷业。若不是外出打工的人多，起新楼房就很不容易。宁冈撤县，并入井冈山市，他对井冈山赞不绝口，极力宣扬。

今天，井冈山仍然云遮雾罩，阴晴不定。车到半途，天色放晴。艳阳高照，炎热灼人。有一种感觉非常强烈：我离开了世外桃源，又堕入滚滚红尘之中。

宁冈是一狭小脏乱的山区小城，是朱毛当年会师合股的所在。我无意在此勾留。当即乘 11 点 50 分的小巴前往湖南炎陵。中午 12 点 20 分，手机提示已离赣入湘。不到一个小时，即抵达炎陵县城霞阳镇。

卷三
江山与人

炎陵原名酃县。传说中的炎帝陵墓在城西17公里的鹿原镇。当地缺少其他资源,政府决意以旅游业来拉动经济发展,遂层层活动,终于得以成功改名。这一招似乎很见效:对比邻近的宁冈,炎陵远为光鲜整洁,俨然与深圳的葵涌镇有几分相像,是一个漂亮的小山城。

有没有炎帝其人?其陵墓是否在此?不知道。据我所知,起码山西高平就又有一个炎帝陵。三十六计之一是无中生有。小平说得好:发展才是硬道理。炎陵县新华书店居然有两台柜式空调在开着用就是最好的注脚。

没什么书好买。只买了一本人民文学出版社老版的《彷徨》。迅翁用屈原《离骚》中的名句作为该书的题记:

朝发轫于苍梧兮,夕余至乎县圃;
欲少留此灵琐兮,日忽忽其将暮。
吾令羲和弭节兮,望崦嵫而忽迫;
路漫漫其修远兮,吾将上下而求索。

这很切合我现在的心境。诗中的"苍梧",就是指的九疑山。也算是一巧合吧。

叫辆车在街上转了转。用餐。顾长漂亮年轻质朴的女招待。人的命运。起点决定终点。湘地民风。湘赣差异。

下午2时整,乘大巴由炎陵前往郴州。炎陵县归辖于株洲市。

这段路之艰难曲折，出乎意料。从县城到水口，乡间公路大致逆着一条河谷延伸，沿途景色可观。水口至牛岗排则平平无足称述。荒山野岭上的牛岗排是一三岔路口：往北是炎陵，往南到桂东、汝城，往西去郴州。从这里到郴州，有几十公里的砂土路，坎坷不平，尘土飞扬，狭窄难行，车速甚缓。好在周遭景物却又雄峻明丽起来。

车在深山峡谷间徐徐前行。除了车载 VCD 在喧闹，周边寂静无声。忽见前面有一 AC 米兰队 10 号球衣在飘动。抬身一看，原来是一个踽踽独行的青年。不由会心一笑。足球拉近了人类的行为和思想。

在彭市附近，前方一辆往东行驶的装煤货车倾斜，阻塞交通好半天。好不容易过去了，路也好走了，却因大巴司机偶载了一个短途客，而被一短线中巴屡屡阻碍、挡道，不让超车。又是几十公里，车行如蚁。心中好不窝火，却又无可如何。我不由苦笑：不远千里，所为何来？这样执着，究竟是为什么？

奔波。流浪。山川。岁月。

黄昏，终于到了资兴市郊。据说此间风景不错，有些地方好玩。一度拟在这里下车。转念一想，仍以到郴州为宜。遂打消此念。忽然又下起阵雨。资兴到郴州是很好的高速公路，转眼就到了。傍晚 7 点半，车抵郴州汽车南站。乘 18 路公交车（各路公交车全程皆 1 元）到市中心区。经比较选择，入住金福来大酒店。这里很方便，应有尽有，折后价钱也还地道。

卷三
江山与人

安顿下来后,有些饿了,遂再乘18路车去刚才经过时瞄上的"金龙土鸡馆"搵食。那里人声鼎沸,生意红火,想必有绝活。

有意思的是,18路当班的女孩热情似火,一定要与我交个朋友。虽然她年龄、身材、长相、言谈举止似乎都还可以,但这毕竟太过唐突。还是免了吧。梁某并不随随便便,却也绝非非礼勿视的正人君子。主要是心有旁骛,加上实在太累。

鸡汤没了,明日赶早。扫兴。从江西到湖南,硬是没能喝上一碗土鸡汤。随便对付了一餐。

散步,闲逛。买报纸、列车时刻表。破败的市面。喧闹的人群。旺盛的娱乐行业。开放的民风。

心情很不平静,感想极多。睡得很晚。

7月31日 / 星期三 / 晴

起床很早。

昨晚其实只迷迷糊糊睡了两个来小时。虽然休息不足,但精神还好。

早餐特意去了本地有名的一家野菜店,结果令人失望。花10余元,没滋没味。换相机电池。去客运中心看班车时刻表,心里有了数。擦皮鞋。换50元散钱的小插曲。人性与人心。

乘19路车径至苏仙岭。郴州人非常热情。

门票15元。还有缆车。要不要坐?正在考虑,一个骑着摩托的中年男子凑过来说,坐他的摩托上下山包门票兼导游,只需16元。于是OK。那人不无得意地告诉我:他在管理处有关系,每年靠私自带客,就可赚足生活费。这也算是中国特色之一斑。

苏仙岭位于城郊。一山突起,居高临下,可以俯瞰郴州全城。位置很好,绿化也不错,但开发欠佳。极顶建筑除一正在施工的道观外,就是西安事变后张学良曾短期羁居过的"屈将室"。真是殊非得体。

苏仙岭的来历是一个与道教有关的民间传说,跟苏东坡并无关系。这倒让我略感意外。

名气甚大的"三绝碑"原来在山麓。所谓三绝,指的是秦观词、苏轼跋、米芾书。

北宋绍圣四年(1097),秦观被贬至郴州担任微官,心情抑塞,借景抒情,愤然写下代表作之一的《踏莎行·郴州旅舍》一词,三年后赍恨辞世。苏轼在极度伤感中写下"少游已矣,虽万人何赎!"之跋语。后来,大书法家米芾得到秦词苏跋,感慨中一挥而就。后人即将秦词、苏跋、米书摹刻于此。三绝碑的艺术价值,不问可知。

少游词写道:

雾失楼台,月迷津渡,
桃源望断无寻处。

卷三 江山与人

可堪孤馆闭春寒,杜鹃声里斜阳暮。

驿寄梅花,鱼传尺素,
砌成此恨无重数。
郴江幸自绕郴山,为谁流下潇湘去?

王国维在《人间词话》中说:少游词最凄婉。至"可堪孤馆闭春寒,杜鹃声里斜阳暮",则变而凄厉矣。东坡赏其后二语,尤为皮相。

对王静安,梁某一向敬服不暇。于此却不无微辞:这次恐怕是他老先生走了眼,自己"皮相"了一回。

东坡对"郴江幸自绕郴山,为谁流下潇湘去?"这两句感触特别深刻,不是偶然的。

少游那两句词的意思是:郴江水啊,你本来绕着郴山奔流,为什么偏偏要流到潇湘去呢?

看似诘问江水,实为诘问天地:凭自己的出众才华,在官场求得一个清要的职位当非难事;但因受旧党牵累,削官降职,一贬再贬,心灰意冷,难有作为。这又该怪谁呢?又该如何呢?又能怎样呢?

言者无心,听者有意。对这位才华最优、感情最深的及门弟子(我忽然想到鲁迅与柔石),东坡肯定有一种"我虽不杀伯仁,伯仁由我而死"的幽深痛楚并引以自责。

正打算端详米元章的手笔，忽然看见旁边赫然有一首陶铸 1965 年的和作。嗒然兴尽，摇头叹息。打算走了。

汉子收了钱，又表明他还有另一种身份：皮条客。价廉物美安全可靠，云云。一笑而别。

出了苏仙岭，发现相机压不下去了。在路旁的"神奇小子数码摄影部"请小老板帮我看了看。立马搞定。心情很好。那是一个身体健美笑容灿烂的阳光男孩。在此向他问好。

打车随便转了转，看街景人流。后回酒店小憩。决定中午退房，下午去宁远。

郴州到宁远车很多。普通班车 17 元，走 4 个多小时；空调直达快巴 25 元，2 个多小时即到。我自然坐快巴。

买票。寄存物品。出去溜达。进中餐。昨天对 18 路车那个女孩的态度似乎略嫌生硬。肚子不知怎么出了问题，拉稀。幸无大碍。花 3 元乘摩托到车站，刚好赶上下午 1 点 40 分的那趟快巴。准时发车。司机有些像老龙。

车经桂阳（这是三国时期常山赵子龙生活战斗过的地方）、嘉禾（记得写《芙蓉镇》的古华就是嘉禾人，他好像移民去了加拿大。我对他的短篇《爬满青藤的木屋》印象很深），下午 4 点 20 分抵达宁远客运站。天气还好，路也不难走。虽然沿路不断有人拦车，但快巴中途没有搭载一个客人，还算名副其实。

快到宁远县城时，忽有大巴车队不断驶过，都是从宁远到珠三角各重要城镇的直达班车，有数十辆之多，蔚为壮观。不

卷三
江山与人

由有点吃惊。经过询问,得知宁远是有约80万人口的大县,其中有近20万人在广东打工,年轻人大多都出去了,每天往来珠三角的大巴都有100余辆,春节期间就更多了。原来如此。这样倒也不错,不用折返郴州坐火车回深,可以直接在宁远坐一回长途大巴了。

叫了一辆三轮车周游县城,车夫老蒋兼做义务导游。这是一个普普通通、缺少特色的内地小城。

看了多个酒店,最后决定入住的还是最先看过的澳洲宾馆303房。折后价100元/天,在内地县城算是偏贵的了。不过条件还可以。宁远县属永州市。

宾馆附设有餐厅。看了看,似乎还行,就在此用晚餐。还真不错。

冲凉。小憩。于是疲顿解除,精神焕发。

居然有骚扰电话。不理之可也。

外出散步。观察。交谈。

接连有好几个长途。阿林遇到了麻烦,还不算小,不光是厂长做不做得下去的问题,还有其他一堆乱七八糟的事。

确定缩短行程,早日返深。

澳洲宾馆大门旁边有一个美容店,正规而有一定规模,生意很好。领班小莫,粤北清远人。稍谈。随后见到老板慕容潇,一个长身玉立年轻漂亮质朴干练的女孩。我眼睛一亮。她肯定有故事。

只是闲聊了一通,未做任何消费。明天吧。了解到去九疑山旅游的一些相关情况。

回房间歇宿。明天将独游从小知闻的九疑山。

8月1日 / 星期四 / 晴

晨起,在街头小摊用过早点,轻装往游九疑山。

九疑山瑶族乡距宁远县城30公里,往来交通车很多,主要是面的,票价5元。车程不到1小时,路面也还可以。

很快就到了。在舜庙广场与一个本地摊主东拉西扯,了解到不少有用信息。

决定先远后近依次游览。先后游玉琯岩、紫霞岩、舜源峰、舜帝陵。玉琯岩比较远,人迹罕至。后三处是一般游客的目标。乡间公路上的交通工具是一种经过改装的小型电动三轮车,俗称"麻木"。山民相当纯朴,一是一二是二,并不欺生乱叫价。

玉琯岩宛如一个巨大的盆景,从四野平畴中兀然突起。舜庙旧迹在此。以交通不便,才迁建到新址。山不高,石头、树木颇有年头,古树屡遭雷击,多空心。

有不少摩崖石刻。其中以东汉蔡邕的《九疑山铭》和南宋方信孺(字孚若,刘克庄好友)手书的"九疑山"三个挥洒遒劲的方斗大字最为著名。

据非常敬业的导游李兰艳介绍,"九疑山"是正写,而"九

卷三
江山与人

嶷山"则不过是毛泽东一时误书后以讹传讹而已。这种话她是不会乱说的,应该可信。我也记得《史记》中就是"疑"而非"嶷"。本文径书"九疑山",以此。

九疑虽是瑶乡,这里却仍是汉人所居。瑶民聚居地还要向深山推进。来这里的游人已经很稀少,在此工作是相当寂寞的。这也是现实一种。买书一本。

相形之下,紫霞岩就热闹得多。人声鼎沸,笑语喧哗。

紫霞岩又名重华(重华是舜帝的字。舜帝重瞳)岩,是一个气势恢宏、姿态万千的巨大溶洞。印象中,比桂林著名的七星岩更大、更深,也更好玩。洞里溪流淙淙,凉气飕飕。据说徐霞客曾在洞中勾留达4天之久。开发尚处初级阶段,只是装灯、修路、架桥而已,有待提升。这里不失为酷夏的一个佳妙去处:外面暑意炎炎,一到洞口,已然清凉可人。

本地人称舜源峰为"猴山",并不巍峨高峻。据说除了猴子外,没什么名堂。我便没有上山。随便转悠一会儿后,去山麓的"瑶族风情休闲中心"小憩,却发现坐了一屋公费旅游的公务员,西装革履,烟雾缭绕,便退避三舍。身后有洋洋自得的声音说那个胖子不是香港就是台湾的。他错了。

我这才留意了一下自己的装扮:戴着大墨镜,斜挎小背包,黑棉布短衫,白色亚麻裤,足蹬布鞋。哦,是比较另类一点。难怪。我有点后悔入赣之初不曾剃一光头了,不如索性酷他一回嘛。反正又没熟人。哈哈。

山门旁有毛泽东《七律·答友人》一诗手迹的碑刻。诗云：

九嶷山上白云飞，
帝子乘风下翠微。
斑竹一枝千滴泪，
红霞万朵百重衣。
洞庭波涌连天雪，
长岛人歌动地诗。
我欲因之梦寥廓，
芙蓉国里尽朝晖。

孩童时期，父母和家姐就教我记诵了当时能见到的全部毛泽东诗词。大姐是"老三届"，拿回家不少油印资料，也有一些诗词方面的。不知怎么回事，那时就对"九嶷山"着了迷，十分神往。虽然委实似懂非懂。事所必至，理有固然。这可算是我此番穿越万水千山独游九疑的前因。

条件许可时，人们总是希望能实现儿时的梦想，偿还青春的夙愿。即便明知其实它们往往已经变质变味，甚至压根不是那么回事了。

最后游舜庙，亦即舜帝陵。

舜庙位于舜源峰北麓，与娥皇峰对峙，坐北朝南，由午门、照壁、拜亭、正殿、寝殿、碑亭、省牲亭及左右朝房构成。规

卷三
江山与人

模宏大，建造雄伟，看上去比较舒展大气。

正殿有竹刻隶书《史记·五帝本纪》中关于舜帝部分的文字，精美雅致。文中说：

舜年二十以孝闻，年三十尧举之，年五十摄行天子事，年五十八尧崩，年六十一代尧践帝位。践帝位三十九年，南巡狩，崩于苍梧之野，葬于江南九疑，是为零陵。

九疑山又名苍梧山，属南岭山脉之萌渚岭。零陵就是永州。这些都史有明载，历朝历代且无异议，自非牵强附会似是而非者可比。

只是，舜帝驾崩时已是百岁高龄。那么，他南巡所为何来？娥皇、女英二妃是时又当何年齿？颇不可解。

过正殿，到寝殿，内有舜陵石碑一块。高3米，宽2米，上刻隶书"帝舜有虞氏之陵"。想起毛泽东的句子"赫赫始祖，吾华肇造"，心中不由一凛。夷犹片刻，还是肃立碑前，恭恭敬敬地鞠了三个躬。

从史书上看，舜帝是礼教的信奉者，更是以德治国的先行者，是模范孝子，是道德楷模，是圣君明主。尧天舜日，堂堂乎张。而梁某对存在主义比较感兴趣，对这一切是持怀疑态度的。

午门上有钟和鼓，开发作商业用途。击鼓一下2元，撞钟一声1元。这很好。但又有说道。我偏偏讨厌各种五花八门而千篇一律的说道,就没有撞击。

舜庙四周,绿瓦红墙,枫柏扶荫。倒是显得正大堂皇,庄严肃穆。

在舜庙服务部买书一本。服务员是一个原色原味的瑶族姑娘,非常质朴,身材高挑匀称,又异常漂亮,较诸几年前在深圳民俗文化村邂逅那个景颇姑娘亦不遑多让。很懊悔当时没请她合一张影。我对异域异族风情总是充满了兴趣。

九疑山的九个山峰是:舜源峰、娥皇峰、女英峰、桂林峰、杞林峰、石城峰、石楼峰、朱明峰和箫韶峰。各峰拔地而起,互不连属,与桂林的山比较相似。这个倒是跟预想出入较大。宁远距桂林确实已经很近了。

总体而言,此间开发尚处于初始、粗放阶段,服务未周(全程居然没有旅游图出售。这在稍为成熟一点的风景区是不可思议的),游客不多,潜力不小,大有可为。关键在于决策者的眼光和魄力,在于理念、规划、投入和经营。

又一个儿时的梦想、青春的夙愿,可算是在今天偿还实现了。感觉如何呢?并非满足,但也并不负面。应该说:百感交集,五味俱全,开心之余稍感失落。

其实,真正的妙处当在三分石。昨天就听慕容潇说过,今天更是好几次听人谈起。

三分石在舜庙往南约 25 公里处,海拔 1822 米,是九疑山第二高峰。到那儿还没有公路,只能乘摩托车去。三分石是潇水、

卷三
江山与人

岿水、泡水的分水处。据说秋高气爽万里无云时,在百里开外的宁远县城,也能清晰地看见它矗立蓝天的雄姿。名闻遐迩的九疑山湘妃竹(斑竹)也要到那里才漫山遍野。

因为时间及交通关系,今日无从往游。至于日后是否还有机缘,听其自然吧。

下午2时许,步出舜庙。在九疑圩镇用中餐。两菜一汤,一支啤酒外加一碗饭,计30元。相当不错,酒足饭饱。湘南特色菜炒血鸭尤其可口,我差不多将它吃完了,倒是红烧野兔剩下不少。

顺带认识了小老板小钱。话题是由《南方周末》引起的。他自用的桌上居然有近两期的这份报纸。一问,原来他已经订阅了6年之久,自认受益颇多:增长了见识,拓宽了眼界,也扩大了胆量。这让我觉得很亲切。我读过《南周》多年,不过现在越来越少看了。

他是本地人,34岁,在衡阳读过中专。曾打算去广东,因故未果。后在九疑山旅行社当过导游,搞过摄影,攒下一笔钱后,在舜庙广场旁边盖起一栋三层楼房。现停薪留职,依地利之便,在自家一楼开起了餐馆:纯粹的夫妻店,主要做游客中午一餐的生意。用摇杆井水。烧煤。一年约可赚3万元。有一个5岁的儿子,名字很牛:钱庄。小家伙挺可爱。

据小钱说,他每年有600元左右用于买书刊报纸,这在宁远肯定是凤毛麟角。他思路活跃,向往外面的世界。但作风踏实,思想、情绪并不激越。他慨叹本地过于闭塞,认识高人、当面请教的机会太少,十分热情地坚留我在他家住一晚,晚上他请客,痛饮畅谈,以尽平生之欢。

对他的好意和推重,梁某既感又愧。我也很愿意结交这样的朋友,了解另一种人生。但因在县城宾馆的房子未退、行李俱在,天热务必冲凉更衣,加上时间安排已相当紧凑,仍以回城为宜,只得婉而却之。不过我答应他晚些走,一起聊聊,赶得上回城的末班车即可。

这对夫妇都戴眼镜。他们对现实和现状有所不满,但并不强烈。对国家、政府抱有期望的同时,也相信求人不如求己,努力行动,改善自己的生活与精神面貌。若有机会重游九疑,我愿意再会会小钱。

黄昏乘面的返回宁远县城。途中要求司机在"九疑山国家森林公园"大门口暂停拍照。再次感受到,湘妹子真是热情似火,色貌如花。

薄暮时分,回到澳洲宾馆。在大门侧,正巧碰到慕容潇骑着摩托打算外出。她笑着招呼我。于是径直去了她的店子,饮茶,攀谈。

这就是缘分。迟一点或早一点就都错过了。那兴许就是另外一回事。她亲自上钟,我则睁只眼闭只眼,在半梦半醒之间,开始休闲。

阿潇是舜陵镇人。父母都是农民,还有个哥哥,都是老实

卷三
江山与人

巴交的本分人,家庭别无关系和奥援,一切靠她自己。她在县城租了房子,买了一辆二手货运车,将父母接来,让他们跑运输;又为哥哥找了份相对稳定的工作,并资助他娶回媳妇成了家。她自己投资数万开设了这家在宁远县城名列前茅的美容休闲店,聘请发型师、足浴师、按摩师计十余人,亲自坐镇,董理一切,择吉于今年6月18日开业。现在生意不错,发展势头良好,收回投资并盈利指日可待。

这一切还不足为奇。但如果你得知:慕容潇出生于1980年,只上过初中,15岁就外出打工,先后到过广州、深圳等地,学到一些本事,后来回老家发展,自己当老板前曾是"澳洲"的总管……你还能完全无动于衷吗?

从奴隶到将军,从"与人为奴"到"自在为王",这容易吗?其中血泪悲欢曲折艰辛不难想见。不要忘了,她才22岁!与阿玉、阿娴她们正是同龄人。她以瘦削的肩膀独自一人扛起了家庭生活的重担,并使之渐入佳境。

如果你进一步得知:慕容潇身高1.64米,体重49.5公斤,身材挺拔,气质优雅自然,谈吐大方,声音柔婉,舞姿翩翩,歌也唱得很好,家务事更是里里外外一把手;你进而发现,她其实相当漂亮,面容俊秀,左唇角还有个深深的酒窝……你又作何感想?

天忌完美,人无完人。如此出色的湘妹子也有十分突出的不足:她有非常严重的皮肤病,疤痕累累,从头到脚,皆然。

毛发也比较稀疏。这不惟大大有损美貌,甚至乍看上去,多少有点骇人。美中不足,莫此为甚。

我怀疑她因为某种原因得过恶疾,由是致之。不过阿潇否定了这种推测。她说是天生的,原因是缺乏某种黑色素。然而也并非遗传,因为她家上下几代人并无类似情形。也到大大小小的医院看过,没什么效果。如欲治愈,将是大动作,花费也将颇为不菲。她现在顾不上,拟日后再说。反正她对此早已持平常心、安之若素了。话虽这么说,但这一毛病给她带来的痛苦、压抑和困扰还是不难想见的。

前面说过,她歌喉婉转动听。但也有一点毛病:经常忘词。除她辩称的事务繁忙外,恐怕跟读书不多、文化基础较差有些关系。这是她的另一个不足之处。一外一内,对她的素质和层次构成局限。

阿潇说话的神态及鼻子以下部分颇有几分像正在广东卫视热播的《外来媳妇本地郎》中刘涛扮演的康家三媳妇上海小姐胡幸子。她当然比刘涛漂亮。

这是我从未接触、了解过的另一类人。我的感受很复杂:敬,怜,爱,惜,兼而有之。最强烈的感触是:不容易,实在是不容易!

当这么一个小老板,上上下下要打通多少关系?形形色色乱七八糟要应付若何各色人等?为了便于沟通和管理,她与打工妹们"三同":同吃同住同劳动。不喜欢的人和事,委屈、

卷三
江山与人

酸楚，乃至愤怒，在所难免。在现有条件下，她又能如何呢？

但慕容潇冷静、沉着、克制、内敛，心平气和，尽其所能做得最好。对一个出身寒微、才貌出众的女孩子来说，这已经足够了。难道不是吗？

她最大的愿望之一是去日本看樱花。这让我稍感诧异。随即告诉她：近在武汉，3月也可以看到樱花的；武汉大学有梅园、桂园……还有樱园。东湖亦有规模不小的樱园。这回轮到她惊诧了。她很开心，说明年就去武大看樱花。

进修读书的是与非。中医偏方。签单与讨账。动手与动脑。得罪别人与委屈自己。阎王与小鬼。《愿赌服输》与《爱拼才会赢》……

阿潇相当练达，一般事她都懂，并且很精，相信不难应付裕如。这好。

我很喜欢听她唱歌，尤其是低回怨抑一路的。比如《请跟我来》《风中的承诺》《你那里下雪了吗》……她唱得非常投入，我听得也很入神。

作为一个极具好奇心的观察者，我要求她讲一讲她自己的故事。阿潇稍为沉吟了一下，回应说她并没有什么特别的故事。我当然不会相信，但也不便再问。

美丽总是短促的。两个多小时很快过去了，暮色四合。我见她有点累，似乎还有些饿了，自己虽然还好，但白天游玩了一天，尚未冲凉，感觉不甚清爽，便提出我先回房间冲凉、稍事休整,她可以先吃点东西并休息一下,待会儿再见。阿潇随即同意,说她也想先冲凉。又问我晚上吃什么。我说,现在还不饿,晚上只想喝点清粥。她说她们有砂锅,她将为我把粥煲好。我道过谢先回了房间。

洗浴。小坐。点燃一支云烟。

有人敲门,是阿潇店里的一个靓仔。"老板听说你不会洗衣服,叫我来拿下去。店里有洗衣机,会给你单独洗的。"小伙子彬彬有礼。

"澳洲"二楼有个卡拉OK大厅,音像不错,大屏幕,曲目亦多,在宁远县城当属佼佼者。每晚来唱歌的人不少,多为本地人,每支3元。进去小坐旁观。游罢风雨江山后,却将冷眼觑红尘。

晚10时许,再至阿潇处。不想她的生意好得爆棚。所有人都在做事,没一个闲着的。她自己也顶上了。门口停着几辆执法部门的小车。从诸种迹象看,在这一小城,她已如鱼得水,玩得很活,可算路路通。

高兴之余也不无郁闷。因为大致确定明后天就要走了。

回到卡拉OK大厅,吼了几嗓子,情绪稍得宣泄。我唱了5首歌:《橄榄树》《雪在烧》《假行僧》《花祭》和《不必勉强》。

后阿潇来电,做了解释,表示歉意,请我稍等,约午夜12时许见。我不大习惯被动和等人,就说还是明天上午好了。

去街上溜达了一圈。没什么名堂。回到房间。

卷三
江山与人

稍后,慕容潇派一靓妹送来一小罐清粥,佐以几碟精美的自制家常小菜,有腌雪里蕻、腐乳等。端的好东东。个中滋味,一言难尽。

我是基本不看电视的。那么干点什么呢?

想起"怨去吹箫,狂来说剑"的龚自珍。那么,读几首定公词吧,聊以自遣。

浪淘沙·写梦

好梦最难留,吹过仙洲。
寻思依样到心头。
去也无踪寻也惯,一桁红楼。

中有话绸缪,灯火帘钩。
是仙是幻是温柔。
独自凄凉还自遣,自制离愁。

百字令·投袁大琴南

深情似海,问相逢初度,是何年纪?
依约而今还记取,不是前生凤世。
放学花前,题诗石上,春水园亭里。

逢君一笑,人间无此欢喜!

无奈苍狗看云,红羊数劫,惘惘休提起。
客气渐多真气少,汩没心灵何已?
千古声名,百年担负,事事违初意。
心头阁住,儿时那种情味。

这!

一边读,一边胡思乱想。前尘往事,渺如云烟。

少年时期,一度深爱黄仲则诗、成容若词。纳兰词,我曾取其词中一语以评之,曰:"一往情深深几许?"(王静安词,我亦曾取其词中一语以评之,曰:"失行孤雁逆风飞。")

曾几何时,正如适之先生所谓:"心情微近中年。"水流风逝,时移景迁,无复少时心绪。加之清代诗词,本来就远远不及唐诗(如太白、工部、韦应物、李义山)宋词(如东坡、少游、小山、稼轩)之醇厚隽永,也就慢慢淡薄下来。

只是在某些特定的时空,仍会念及旧爱,她依然是低回往复、无从替代的。什么原因呢?其实龚定庵已经代我们作答过了:

"心头阁住,儿时那种情味。"

康·巴乌斯托夫斯基在《金蔷薇》中说:

对生活,对我们周围一切的诗意的理解,是童年时代给我们的最大的馈赠。如果一个人在悠长而严肃的岁月中，没有失去这个馈赠，那他就是诗人或者作家。

梁某一身铜臭，不学无术。对当诗人或者作家亦了无兴趣。但老奸巨猾之余，倒是仍葆有一颗童心。这似乎并不矛盾。而且，我还是想写点东西的。
我能写出自己想写的东西吗？

8月2日 / 星期五 / 晴转五花天

昨晚依然睡得很晚。依然睡得不好。入湘以来一连三个晚上均是如此。这是怎么了？

曾闻九疑竹常湿，
岂意潇湘梦未安。

早卜醒来有些饿，打电话到宾馆餐厅叫送餐。一大碗皮蛋瘦肉粥（味道颇佳，不在深、穗名店之下），一小笼包子，共5元，可谓价廉物美。吃得很香。

上午10点多，仍无阿潇的电话。我可不会做抱柱的尾生呢。下楼出门打车径至客运中心，买好下午3点30分到深圳的车票。这班车的终点站是大鹏镇，票价100元，普通卧铺车。宁远到深圳每天约有 3 趟车，都在下午 3 至 4 点间发车，票价一样，终点站则都不同。

随后到文庙参观。宁远文庙是国家级重点文物保护单位，始建于宋朝，清同光年间耗银 6 万历时 10 年予以重修。文庙由正中的主体建筑大成殿和左右两边的登圣、步贤两坊构成。有嘉庆、光绪的御笔"圣集大成""斯文在兹"。

这些都不打紧。真正精彩的是石雕，尤以 20 根龙凤青石柱最为精致。石柱高 8 米，直径约 40 厘米，龙翔凤骞，栩栩如生。

宁远文庙是很有特色、值得保护的。但古今杂糅，年久失修，游人稀少，有荒芜破败之感。

与一般寺庙不同，文庙是尊奉孔子的。自从 1995 年独游豫陕，看过白马寺尤其是少林寺后，我就再也没有多少参观庙宇的兴致了。当时诌的打油诗有这样的句子：玄慈方正皆虚妄，千秋浪名传少林。1998 年到衡山，连香火极旺的南岳大庙都懒得进去。梁某巨讨厌朱文公，而孔夫子大致还是可以接受的。当然我更喜欢老庄列。

返回宾馆，已是中午。简单用过中餐，收拾好行李。这时阿潇来电。上午她家里有急事，她忙着过去处理，手机都忘了带。

原来如此。她当即来与我会齐。时间已经所余无几。

最后，她唱了一支《萍聚》。

下午 3 点快到了。分别在即。

慕容潇突然说：你看得没错，我确实是有故事的，而且还

卷三
江山与人

算复杂、精彩;我也真想出本书呢,把自己的故事写出来……可惜怕是没这个能力。如果你有兴趣,以后我会原原本本讲给你听的。

这太好了!令人喜出望外。可惜今天是来不及了。

她盯着我很认真地问:你是不是真的喜欢我,把我当妹妹?你想要我的相片吗?

答案当然是肯定的。

她很高兴,说,她家离这里不远,她马上骑摩托车过去,选取几张相片,随后回来,送我去车站,保证不会耽误。这当然好。

我拿好行李,退掉房间(事先讲好中午12点后多待约3个小时不另外收费),办好手续,到宾馆大门口等候。稍后,慕容潇风驰而至。她送我3张相片。欣然受之。相片都挺好,只是缺少一张裙装站立的全身照。知足吧你。我对自己说。

要去车站了。阿潇问谁来骑摩托。我虽然B牌已经拿了好几年,摩托车却只是非正式地骑过一次。结果还是她来带我。途中在一家自选超市买了几支饮料。

匆匆握别。

"回去后记得九疑山,记得给我打电话啊!"

阿潇骑着她的摩托车走了。她的话至今仍在我耳畔缭绕。

险些上错车。幸亏发现及时。还好。少有地对号入座。我是27号,上铺。时值大暑,天气酷热,稍一动弹,就会出汗。

但车一开动就舒服了,四面来风。

这是我第一次坐长途卧铺大客。也就是挤点、脏点,并不像想象的那般不堪。下午3、4点间,宁远又向珠三角发出浩浩荡荡的车队。只是今天,其中多了一个我。

邻座是一小青年,24岁,水市镇人。他与人合伙投资10万做包装袋,亏了,血本无归。现在去东莞凤岗投奔一老同学,想先找点事干。他没有什么特长,对前途很迷茫。

他见我老是在看一叠相片,很是好奇,试图索看,为我所婉拒。我更愿意独享这次旅行的美色美景。

向晚7时许,大巴穿越南岭,离开湖南,进入广东。路比想象的好走得多。尤其是入粤后,更是一马平川,畅行无阻。在阳山一路边店用晚餐,停车一小时。

今天湘南天气晴好,粤北则阴晴不定,而以下雨居多,个别地方还大雨滂沱。

夜雨行车。离宁远越来越远,距深圳越来越近。

我将东西放进随身的小包,闭上眼睛,独自咀嚼一枚橄榄。

远游无处不销魂。

车载电视正飘出齐秦的歌:《自己的心情自己感受》。

2006年5月18日初稿。

2012年2月2日定稿。

2019年3月14日晚,己亥二月初八,略予修订。